꿈 너머 꿈을 향해
날자, 향자

꿈 너머 꿈을 향해

날자, 향자

양향자 지음

비타베아타

정세균
국회의장

　울컥했다. 20대 총선을 앞둔 2016년 1월, 양향자 상무의 입당 기자 회견을 보며 가슴 깊은 곳에서 알 수 없는 감정이 치밀어 올라왔다. 하염없이 흘러내리던 그의 눈물 너머로 20여 년 전 정치에 갓 입문한 때가 떠올랐다. 당시 대기업 상무로 재직하다 보장된 미래를 마다하고 현실정치라는 거센 풍랑 속에 뛰어든 내 모습이 투영된 까닭이다.

　궁금했다. 성공신화의 주인공이 아닌 정치를 바꿔보겠다는 열정시민 양향자의 행보를 깊은 관심으로 지켜보게 된 이유다. 그리고 그 기대는 어긋나지 않았다. 호남, 여성, 고졸 출신 대기업 임원이라는 상징성에도 그는 결코 쉬운 길을 택하지 않았다. 비례대표도, 당선 가능성 높은 지역구도 바라지 않았다. 오히려 무모하다는 말로는 다 설명하기 어려울 만큼 힘든 지역을 자청했다. 광주 서구을이다.

　기뻤다. 보통 정치에 뛰어들면 눈에 콩깍지가 끼고 어깨에 힘이 들어가기 십상이다. 세상에 나만 한 인물이 없는 것 같고, 나 아니면 세상을 바꿀 사람도 없는 것 같기 때문이다. 하지만 그는 달랐다. 정치를 하려는 목적의식이 분명했고 소명에 충실했다. 비록 첫 도전은 실패했지만 시민들은 그에게서 더 많은 희망을 엿보았다. 나도 그랬다.

걱정됐다. 선거는 냉혹한 현실이다. 아무리 표를 많이 얻었어도 2등은 의미가 없다는 게 정치권의 정설이다. 나는 양향자 후보가 다시 일어서지 못할까 염려되었다. 그건 기우였다. 모든 것을 툭툭 털고 일어서는 모습을 보며 양향자란 이름이 왜 그리 대단한지 다시 한번 느낄 수 있었다.

욕심이 났다. 반도체업계에서는 이미 신화였지만 정치권에서는 다듬어지지 않은 원석이었다. 전화기를 들었다. 20대 전반기 국회의장으로 취임한 직후였다. 수화기 너머로 예의바르면서도 신뢰가 느껴지는 그의 목소리가 들려왔다. 입법부의 얼굴이자 입인 국회 대변인으로 함께 일해보면 어떻겠느냐고 제안했다. 보통 언론인 출신을 기용하는 자리지만 새로운 기회를 주고 싶었다. 아니 함께 일해보고 싶었다는 게 더 정확한 표현이다.

아쉬웠다. 잠시 생각할 시간을 달라고 한 그가 정중히 사양했다. 하지만 흐뭇했다. 내가 사람을 제대로 봤구나 하는 확신이 들었다. 그를 알아본 것은 나만이 아니었다. 당원들은 그를 전국여성위원장으로 선출했고, 당의 최고위원 자리에 올려놓았다. 진심은 통한다는 작은 진리를 그가 다시 일깨워줬다. 드러내놓고 밝히진 못했지만 어느덧 나는 그의 팬이 됐다.

궁금하다. 어떤 어려움 속에서도 자신의 길을 개척해온 그가 이제 광주시민들과 다시 호흡을 시작한다. 광주의 새로운 미래를 열어가고자 하는 그의 발걸음이 어떤 결실을 맺을지 기대된다. 가제본된 책을 읽으며 양향자 최고위원의 진면목을 다시 한번 발견할 수 있었던 나처럼 많은 분이 인간 양향자 그리고 정치인 양향자를 통해 광주를 넘어 대한민국의 빛나는 내일을 함께 꿈꾸길 바란다.

추미애

더불어민주당대표

양향자 최고위원은 내가 만난 가장 부지런한 사람이다. 최고위원회의 때마다 멀리 광주에서 새벽 첫차로 올라오는데 단 한 번도 늦은 적이 없다. 늦기는커녕 어찌나 준비를 철저히 해오는지 회의나 발언에도 빈틈이 없다. 이런 부지런함과 철저함으로 그가 그 어려운 환경을 이겨내고 이 자리까지 왔구나 싶어서 만날수록 믿음이 간다.

잘 알려진 대로 그는 어려운 가정환경에도 좌절하지 않고 씩씩하게 자신의 삶을 개척해온 프런티어다. 고졸 연구원 보조원으로 출발해서 삼성전자의 임원에 오르기까지 그가 만난 장벽들은 높았지만, 그는 늘 다른 이들이 한계라고 포기한 지점을 출발점으로 삼아 '최초'와 '최고'의 타이틀을 거머쥐곤 했다.

드라마처럼 펼쳐지는 그 삶의 여정이 고스란히 담긴 이 책을 읽어가면서 때론 가슴이 짠하고 안타깝다가도, 그 두껍고 완강한 편견과 한계를 뚝심과 치열함으로 하나씩 부숴나갈 땐 어느새 속이 시원해지고, 입가에 절로 미소가 걸리기도 했다. 화려한 성공의 뒤에 얼마나 짙고 많은 그림자가 있었는지를 확인하며 마지막 장을 덮을 때쯤엔 미래를 위해 '양향자'가 얼마나 큰일을 하게 될지 확신을 갖게 되었다. 특히 유리천장 때문에 힘들어하는 여성들에게는 양향자 최고위원이 들려주는 다른 생각과 다른 행동에서 많은 영감을 얻을 것이라 확신한다.

임형규

전 SK텔레콤 ICT기술·성장총괄부회장,
삼성전자신사업팀장사장

양향자 최고위원과의 인연은 특별하다. 그가 1985년 여상을 졸업하기도 전 입사한 첫 직장의 첫 상사가 바로 나였다. 그리고 그로부터 20여 년간 함께 일했다. 그간 지켜본 그는 참 남다른 사람이다. 우선 그는 맡은 일에 언제나 예상을 뛰어넘는 결과를 가져다주었다. 발상은 신선하고 학습능력이 탁월하다. 무엇보다 끝까지 해내겠다는 책임감과 끈기가 그의 남다른 성공의 기반이 되었다.

항상 긍정적이고 사려 깊은 그는 어려운 일이 있을 때마다 긍정적인 자세와 따뜻한 마음 씀씀이로 주위 사람들에게 자신감을 심어주었다. 어디서나 스스로 낮추며 솔선수범해서 모두의 힘을 모으는 진정한 리더십을 보여주었다. 또한 그는 열정과 진정성의 아이콘이다. 그래서 사람들이 따른다. 이 책에는 그의 참모습이 가감 없이 담겼다. 그가 앞으로 이 사회에 어떤 긍정적 변화를 가져올지 기다려진다.

최재성

전 국회의원

이 책에는 양향자가 자수성가한 과정이 매우 고전적으로 드러나 있다. 여기엔 양향자의 진면목을 보여주는 키워드인 내재적 사명감, 이를 바탕으로 한 현실 극복 그리고 꿈이 고스란히 담겼다. 아버지가 돌아가시기 전에 했던 당부에 '제가 알아서 할게요'라고 말하던 당찬 모습에서 그가 마주할 힘겨운 현실과 미래에도 주눅 들지 않는 당당함을 엿볼 수 있다. 철부지가 자신의 미래를 선생님에게서 찾고, 다시 선생님을 양성하는 교수가 되겠다는 한 발 더 나아간 꿈을 갖게 되는 데서도 현실 극복과 미래 비전을 놓치지 않는 그의 면모가 잘 드러난다.

이 책에서 독자들이 양향자라는 사람이 이리도 착하고 모범적인 사람이구나 느끼게 되는 것은 당연하다. 막막한 정치에 특별한 손익계산 없이 뛰어든 것도, 패배가 예견된 광주에 내려간 것도 착하고 모범적인 양향자의 모습이다. 그러나 총선 패배 후 최고위원에 도전한 것에서 모범생 양향자를 뛰어넘는 반전을 확인한다. 스마트 자동차를 전자제품으로, 4차산업 혁명을 ICT와 기존산업의 융합으로 분명히 정의하고, 민주주의의 성지 광주의 미래 비전을 제시한다. 여지없는 현실의 어려움을 견디면서도 미래 비전을 설정하는 양향자의 예외 없는 모습이다. 이 책에서 독자들이 양향자와 융·복합적으로 만나길 권한다.

成高(시게타카 하마다, 요시에 하마다 박사 부부)

1988년 서울올림픽 때 처음 만난 뒤부터 올해까지 30년간 인연을 이어가고 있다. 바쁜 와중에도 향자는 계절이 바뀔 때마다 편지로 안부를 묻고, 전화도 자주 했다. 결혼을 하고 난 뒤엔 가족 모두가 그야말로 한 식구가 되었다. 그가 새벽부터 밤늦도록, 가끔 휴일도 반납하면서 그 어렵고 시간을 다투는 기술개발에 매진하는 모습은 대견하기도 하고 걱정스럽기도 했다. 하지만 프로젝트를 끝내고 휴가를 보낼 때, 특히 그가 일본을 방문하거나 우리가 한국을 방문할 때면 자주 함께 어울려 즐거운 시간을 보내곤 했다.

그가 회사에서 그토록 바쁜 업무를 맡아하면서도 아이를 키우고 남편과 부모님을 위해 최선을 다하는 모습은 인상적이었다. 그런 한편 밤에도 연구개발의 기초가 되는 학문을 익힐 때 나는 그 생명력에 감탄하지 않을 수 없었다. 그가 삼성의 상무이사가 되었을 때는 정말 내 딸의 일처럼 기쁘고 자랑스러웠다. 삼성을 방문한 나를 그가 안내하던 시절에 삼성은 반도체 생산을 시작한 지 얼마 되지 않았던 신출내기에 불과했다. 대략 30년이 지난 지금, 반도체와 전자기기 분야에서 삼성의 지위는 세계에서도 으뜸이다. 이와 같은 삼성의 성장은 양향자의 성장과 궤를 같이한다. 그런 까닭에 그가 삼성의 상무이사가 되었을 때 나의 감회는 정말 남달랐다.

그랬던 그가 삼성을 그만두고 정계에 들어간다고 했을 때 매우 놀랐다. 향자가 살아온 세계는 기술이었기 때문이다. 그러나 다시 잘 생각해보면 기술도 정치도 결국 국민, 즉 사람을 위한 것이다. 또한 이 일에 종사하는 것 역시 사람이다. 그가 기술의 세계에서 일하던 때, 그 누구와도 잘 소통하며 쉽게 친구가 되어 함께 일했던 것을 기억한다. 그런 그이기에 정치세계에서도 걱정이 없다. 비록 한 번 실패했지만, 이에 굴하지 않고 다시 씩씩하게 도전을 꿈꾸는 그를 언제나 그랬듯이 힘껏 응원한다.

2018년 1월 8일 로스앤젤레스로 가는 비행기 안. 월요일인데도 이코노미석까지 꽉 찼다. 로스앤젤레스에 도착하여 교민간담회를 시작으로 라스베이거스 국제전자제품박람회(CES) 참관, 실리콘밸리 테슬러 자동차회사 방문, 산호세 한인여성간담회 그리고 미국한인의 날 기념식 참석차 뉴욕으로 갔다가 귀국한다.

이번 일정에서는 CES 참관과 테슬러 등 자동차업체들을 방문해 세계 IT 기술과 자동차 기술의 발전상을 보고 광주가 나아가고자 하는 전기 및 친환경자동차밸리의 미래기술 방향을 고찰하고자 한다.

2년 전 이맘 때, 참으로 외로웠다. 외로운 날의 연속이었다. 30년 다니던 회사를 접어야 하는 기로에 서서 누구와도 의논할 수 없었다. 비밀리에 진행되었던 입당과정, 문재인 대표의 영입 제의는 그렇게 처절한 외로움과 싸우는 고통의 시간을 주었다.

호남 민심을 얻지 못하면 정권교체가 어렵다는 사실, 기술발전에 정치는 10년 이상 뒤처져 있다는 것, 그리고 2012년 여성의 마음을 얻지 못해 패한 아픔 등 세 가지 이유는 양향자 내면의 사명감을 자극하였고, 30년 축적과 성장의 삶에서 나머지 30년 봉사와 나눔의 삶으로 과감히 뛰어들도록 하기에 충분했다.

2016년 1월 12일 오전 10시, 더불어민주당 대표회의실에서 입당기자회견을 했고, 같은 시각 정론관에서는 권노갑 고문의 탈당 기자회견이 있었다. 호남 중진의원들의 연이은 탈당으로 당시 민주당은 흡사 거친 파도 위에 있는 돛단배 같았다.

운명이었다. 입당기자회견 자리에서 총선 출마 지역은 염두에 두고 있느냐는 한 기자의 질문에 한 치의 망설임도 없이 광주로 가겠다고 했으니 말이다.

입당 후 한 달여 동안 영입인사들이 주축이 되어 전국을 돌며 더불어콘서트를 열었다. 민주당을 지킨 원로 고문님들을 비롯해 민주당을 사랑하는 당원들과 물밀 듯이 들어온 신입당원들의 호응에 지지율 회복이 가시화되었고 다시 희망을 품기 시작했다.

그러나 호남은 싸늘했다. 광주는 특히 냉랭했다. 주변에서는 비례대표나 수도권을 강하게 권유했다. 그러나 "양향자를 광주에 공천하지 않으면 민주당이 호남을 포기했다는 의미다"라는 당내 목소리가 무겁게 다가왔고, 나는 국민의당 대표 천정배 의원 지역인 광주 서구을에 '전략공천 1호'라는 당의 명령을 받고 출마하려 내려갔다.

처절하나 경쾌하게 싸웠다. 결과는 전패. 광주의 여덟 개 의석은 모두 국민의당으로 돌아갔다. 반문정서가 팽배한 광주 어르신들의 마음을 얻지 못했다. 무력감도 잠시, 다시 시작해야겠다는 생각을 바로 한 것은 30퍼센트가 넘는 지지율이 있었기 때문이다.

낙선한 뒤 바로 쉬고 있던 박사과정 공부를 시작했다. 학기를 마무리할 즈음 8·27전당대회 준비위원회가 꾸려졌고, 여러 의원의 추천으로 전준위 위원으로 활동하였다.

호남 민심은 여전히 쌀쌀했고, 의석이 하나도 없는 광주에서 대선을 준비하기는 암울하기만 했다. 여성최고위원 선거에 출마할 수밖에 없는 사명감이 또다시 가슴속에서 끓어올랐다. 현역의원도 아닌, 초선도 하지 못한 정치신인이 무슨 최고위원이냐는 비아냥거림과 비난 속에서도 명분과 가치를 향해 몸을 던졌다. 그리고 당선되었다. 호남 민심을 얻기 위한 초석을 마련했다는 평가를 나 자신에게 내리며 스스로 대견스러웠다.

박근혜 정권의 국정농단으로 촉발된 전 국민 촛불시위가 들불처럼 일어났고 그 촛불혁명으로 5월 9일 문재인 정부가 탄생했다. 여전히 반신반의하던 호남 민심도 반문정서를 되돌려주셨다. 촛불민심으로 되찾은 정권, 그 길에 작은 벽돌 하나 놓을 수 있었음에 감사드린다.

60대 이상 광주 어르신들을 모두 만나겠다는 각오로 대선기간 내내 광주를 누볐다. 날마다 조금씩, 아주 서서히 마음의 문을 열어주시던 모습을 떠올리면 지금도 가슴이 뭉클하다.

2018년 6월 지방선거가 있다. 문재인 정부의 승리를 위한 역할과 그 길에 대해 고민하고 있다. 2018년 1월 7일, 광주미래산업전략연구소 주관 산업정책토론회가 광주과기원(GIST)에서 있었다. 그날 발제를 맡아주신 김강욱 교수님 말씀 가운데 "25년, 4반세기 동안 GIST에서 인재를 배출하였으나 단 한 명도 광주에 남아 있지 않다"라는 말에 놀라움과 부끄러움이 교차하였다. 이유인즉, 그 인재들이 일할 산업이 없다는 것이었다.

광주는 고여 있다. 회색도시로 전락했다. 미래가 없다. 전국 광역시 중 청년유실률 1위, 지역 내 총생산(GRDP) 최하위 등 많은 지표가 그 것을 반증한다.

치열한 기술경쟁이 벌어진 글로벌 현장의 한복판에서 얻은 30여 년 간의 경험과 밑바닥 노동자에서 연구임원이라는 리더가 되기까지의 삶, 그리고 결과를 만들어낸 역량을 이제 광주를 위해 쓰라는 운명과도 같은 사명을 받들어야 할 시간이 다가오고 있다.

양향자

1부

삼성반도체 신입사원
양향자입니다

'수말스러운' 아이

내 고향은 전라남도 화순군 이양면 쌍봉에서도 깊은 산골짝, 200명 정도가 모여 사는 작은 마을이다. 모두 비슷하게 가난했던 그 시절, 더더욱 어려운 축에 들었던 우리 집에서 오빠 둘, 남동생 둘 해서 오남매의 셋째이고 고명딸이었던 나는 일찍부터 한 사람 몫을 할 수밖에 없었다.

몸이 약했던 아버지는 방에 누워 계시는 날이 많았고 살림은 엄마와 할머니의 몫이었다. 엄마는 시부모를 모시고 오남매를 키우느라 안 해본 일이 없다. 읍내 시장에서 하는 쌀장사가 주업이었고 남의 집 밭일, 목화솜 고르기, 근처 공장의 잡일 등 참으로 억척스럽게 일하셨다. 나는 늘 고된 일과에 바쁜 엄마의 조수 노릇을 단단히 했다. 엄마 대신 할머니와 동생들을 챙겼고 집안 살림도 자연스레 내 차지가 되었다. 동생을 업은 채 밭일을 하고 밥을 차리면서도 공부는 잘하는 나를 두고 어른들은 '수말스러운 아이'라고 하셨다.

'수말스럽다'는 말은 전라도 사투리로 어른스럽고 의젓하다는 뜻이다. 칭찬을 들으면 더욱 잘하고 싶어지는 게 당연하다. '우리 향자 일도 잘하네'라는 칭찬을 들으려고 더욱 열심히 했다. 어릴 때부터 유난히 오지랖이 넓고 주위를 잘 챙겼던 나는 엄마 없이 동네를 돌아다니는 어린 애들을 집으로 데려와 씻겨 같이 놀아주었고, 당산나무 그늘에 앉아 계시는 동네 할머니, 할아버지들 심부름도 곧잘 했다.

돈의 중요성이나 생활의 무게를 알아채기에는 너무 어렸을까? 작지만 항상 따뜻한 불빛이 새어나오던 초가집에서 아버지, 엄마, 동생들 그리고 언제나 '내 강아지'라며 나를 품에 안아주시던 할머니와 함께 지낸 어린 시절. 상큼한 풀냄새와 정겨운 흙냄새, 밥 짓는 냄새로 기억되는 그 시절은 그저 행복한 기억으로 남아 있다. 물론 그 안에는 슬픔도 기쁨도 어려움도 있었지만 지나고 보니 다 지금의 나를 만든 소중한 추억이다.

그리고 그 추억들은 마음속에 등불처럼 자리 잡고 내가 힘들 때나 기쁠 때나 때때로 흔들리지만 변함없이 불빛을 밝히며 나를 지켜주고 있다.

나의 꿈? 대학교수!

가족을 제외하고 어린 시절을 생각할 때마다 잊을 수 없는 사람이 있다. 처음 나에게 사회라는 것을 어렴풋이 체험하도록 해주시고 꿈을 가질 수 있도록 인도해준 분은 바로 이 양동국민학교(지금은 초등학교라고 하지만 그때는 국민학교라고 했다) 1학년 담임이셨던 양정순 선생님이다. 양정순 선생님은 유난히 나를 챙기며 격려를 많이 해주셨다.

선생님에게 받은 첫인상은 흰 봄꽃 같다는 것이었다. 수업시간에는 엄격하지만 인정이 많고 다정한 분이었다. 당시 30대 초반으로 미혼이었던 선생님은 학교 관사에서 생활하셨는데, 많은 학생 가운데 꼭 나를 지목해서 이것저것 심부름을 시키셨다. 관사에 들러 필요한 것을 가지고 오라든지, 다른 반 선생님께 교재나 어떤 말씀을 전해드리라든지 하는 심부름은 거의 내 몫이었다. 나는 선생님 비서처럼 그런 일들을 척척 해냈다.

낡은 옷을 입고 책가방도 없이 등교했지만 성적은 항상 1등이었던 내가 귀여웠는지 아니면 짠했는지 선생님은 가끔 수업이 끝난 뒤 나를 관사로 데리고 가서 직접 밥을 차려주시고 이런저런 이야기를 들려주시곤 했다. 선생님 방은 늘 환했고 좋은 냄새까지 났다. 하늘하늘한 예쁜 옷도 많았다. 시골집의 어둑어둑한 분위기에 익숙했던 나는 선생님만의 공간인 관사의 작은 방에 초대되기를 늘 기다렸다. 그곳은 동화 속 공주님 방같이 느껴졌다.

선생님은 나와 함께 밥을 먹으며 교사가 되려고 다녔던 대학이야기, 서울을 비롯한 여러 도시 이야기, 영화나 소설책 이야기를 해주셨다. 잘 기억나지는 않지만 나도 내 이야기를 꽤 많이 했던 것 같다. 우리 집 이야기, 할머니와 동생들 이야기를. 내가 이야기할 때마다 선생님은 빙긋이 웃으며 가끔 눈을 크게 뜨고 "그랬어?", "향자는 대단하구나" 하고 공감해주셨다.

책가방이 없었던 나는 학교에 '책보따리'를 들고 다녔다. 친구들은 책가방을 갖고 다녔지만 우리 집은 가방을 사줄 형편이 되지 않아서 나는 책을 포개서 보따리에 싸갖고 다녔다. 어쩌다가 비가 오면 천으로 된 보따리에 물이 스며들어 책이 젖을까 봐 노심초사하며 옷 속에 보따리를 우겨넣고 뛰어서 집에 가곤 했다.

가끔 예쁜 책가방을 든 친구들을 만나면 손에 든 책보따리가 부끄러워 뒷짐을 지기도 했다.

그런 내 마음을 눈치채셨을까? 어느 날 수업이 끝난 뒤 선생님이 나를 따로 불러 가방을 주셨다. 선생님이 쓰시던 어른용 비닐 가방이었다. 나는 그 가방을 항상 보물처럼 간직했다. 등하굣길에 시골길 흙바닥에 닿지 않게 조심하면서. 누군가는 내 가방을 보고 '아가씨 가방'이라고 놀렸지만 나에게는 아주 멋지고 소중한, 더구나 내가 좋아하는 선생님이 주신 가방이었다. 그 가방을 참 오래도 들었다. 손잡이가 떨어지고 바닥이 터져서 더는 고쳐 쓸 수 없을 때까지 말이다.

초등학교 1학년 양향자.

집안형편이 여전히 어려웠기에 몇 벌 안 되는 옷을 기워 입고 학용품도 없이 등교하는 날이 많았지만 나는 양정순 선생님의 관심과 사랑 덕분에 경제적 어려움을 크게 의식하지 않았다. 좋은 옷을 입은 잘사는 친구들에게 기죽거나 위축되지도 않았다. 그저 내가 할 수 있는 작은 일들을 해나가면서 학교라는 작은 사회에서 조금씩 인정받는 법을 배워갔다. 선생님이 내 이름을 불러주고 심부름을 맡기며 드러나지 않게 보여주시는 따뜻한 관심을 한 번이라도 더 얻으려고 어린 마음에 '더욱 열심히, 더욱 잘해서 선생님을 기쁘게 해드려야지'라고 다짐했다.

국어시험에서 어처구니없게 오답을 써서 속이 상했던 날이 있었다. 그게 어찌나 자존심이 상하고 억울했는지 수업이 끝난 뒤에도 책상에 엎드려 엉엉 울고 있을 때 교실 문이 열렸다.

"향자야, 어두워졌는데 집에 안 가고 뭐 해? 아니 왜 울어?"

선생님이 다가와 토닥토닥 등을 두드려주셨다. 그런데 선생님 얼굴을 보자 내가 시험을 망쳐서 이렇게 잘해주시는 선생님을 실망시켰다는 생각에 더 큰 울음이 터져 나왔다.

"그래도 이렇게 잘했는데 왜 울어."

그러고는 나를 집에 데려다주신다며 함께 학교를 나섰다. 우리 집으로 가는 길은 산 어귀와 냇가를 지나 산길을 따라 한참 들어가야 하는 오솔길이었다. 시내에 놓인 나무다리를 건너면서 선생님과 함께 봤던 수많은 별. 마을버스도, 다니는 차도 없어 더 맑은 시골의 밤하늘에는 지금과 달리 별이 참 많았다.

"향자야, 향자는 나중에 커서 뭐가 될래?"

나는 망설임 없이 대답했다. 이 대답으로 선생님이 내 마음을, 내가 선생님을 얼마나 좋아하고 감사해 하는지 아시기를 바라며.

"저는 양정순 선생님처럼 선생님이 될 거예요."

"그래, 향자는 분명 좋은 선생님이 될 거야. 그런데 선생님도 좋은 일이지만 대학생들에게 더 깊은 공부를 가르치는 교수님도 잘할 수 있을 것 같은데?"

"교수님이 그렇게 좋은 거예요?"

"응, 교수님은 선생님 가운데 가장 높은 거야. 선생님도 교수님에게 배웠거든."

"그럼 저 교수님 될래요! 선생님이 그러라고 하시니까요!"

선생님은 내 손을 잡고 씩 웃으셨다.

까만 밤하늘에 쏟아지듯 빛나는 수많은 별 아래서 나는 처음으로 나의 먼 미래 소망을 선생님에게 이야기했다. 깊은 시골에 사는 가난한 여자아이라도 꿈을 꿀 수 있고 무엇이든 될 수 있다는 것을 나는 양정순 선생님의 사랑에서 배웠다.

초등학교에서는 책도 참 많이 읽었다. 교과서 외에 집에 변변한 책이 있을 리 없는 형편이라 학교는 나에게 책을 읽을 수 있는 유일한 공간이었다. 학급문고와 교과서가 전부였던 나는 책이 너무 고팠고, 내가 읽지 못한 책을 친구들이 먼저 읽을까 봐 애가 탔다. 손에 들어오는 책이란 책은 다 읽었고 교과서는 매번 받은 날 다 읽어버릴 정도였다.

그때 읽은 책들 중 『효녀 심청』, 『알리바바와 40인의 도둑』, 『미운 오리 새끼』, 『백설공주』를 좋아했다. 어려운 환경에서 곤란을 겪던 주인공이 착한 마음씨로 위기를 극복하고 결국 행복하게 되며, 그를 괴롭히던 악당들은 벌을 받는, 지금 생각하면 아주 전형적인 이야기를 좋아했다. 나는 그런 책들을 교실이 어둑어둑해질 때까지 읽고 또 읽어서 거의 외울 지경이 되었다.

'정의로운 주인공은 행복하게 되고 악당들은 벌을 받는다니, 얼마나 당연하고 또 멋진 이야기인가! 내가 사는 세상도 이렇게 단순하고 정의로웠으면 좋겠다.'

나이 오십이 된 지금도 그런 취향은 그대로여서 나는 단순한 이야기를 좋아하고 너무 슬픈 드라마나 영화는 잘 못 본다. 슬픈 이야기들을 접했을 때 남는 우울감이 너무 오래가는데다 그런 감정이 나를 붙잡는다고 느끼기 때문이다. 정의롭지 못한 상황을 다룬 이야기에서 반면교사를 할 수도 있지만 이미 우리가 사는 이 세상이, 현실이 충분히 고되고 힘들지 않은가. 픽션이든 논픽션이든 힘든 이야기를 굳이 찾아서 괴로워하며 보는 것은 나에게는 맞지 않는 일이다.

좋은 일이 있다고 자찬하며 경거망동하면 안 된다는 것 또한 고전동화를 읽으며 배웠다. 고전동화를 보면 일이 잘 풀린다고 좋아하며 거만하게 구는 등장인물은 나중에 반드시 곤란한 일을 겪는다. 세상을 살다보면 좋은 일도 있고 나쁜 일도 있으며 예상치 못한 행운을 만날 수도 있는데, 행운이든 불운이든 그것들을 대하는 자세가 그 사람의 참된 모습이라고 생각한다.

양정순 선생님과 함께했던 이양동국민학교 시절의 나날들, 선생님이 보여주셨던 따뜻한 사랑과 관심은 자칫 어둡고 우울할 수 있었던 내 어린 시절을 따뜻한 추억으로 풍성하게 채워주었다. 사람을 가르치고 키우는 교사라는 직업의 위대함을 알 수 있었고 힘들어 좌절하고 포기하고 싶어질 때마다 선생님이 특유의 카랑한 목소리로 "향자야! 양향자!" 하며 내 이름을 불러주셨던 순간을 생각하며 버틸 수 있었다.

고등학교를 졸업하고 사회생활을 시작한 뒤 힘들 때마다 떠올렸던 양정순 선생님을 다시 찾아뵈려 다방면으로 노력했지만 여의치 않았다. 동창들을 이어주는 온라인 서비스가 나왔을 때는 정말 마음먹고 선생님 소식을 수소문했지만 선생님에 대한 아무것도 알 수 없었다. 그렇게 선생님 소식을 찾아보던 중 몇 년 전 돌아가셨다는 소식을 듣고 한참 울었다. 선생님에게 자랑하고 보여드리고 싶은 것도 많았는데.

"선생님! 선생님이 가르쳐주신 대로 열심히 배웠어요! 회사에서도 인정받고 열심히 일했어요. 어린 양향자가 이렇게 해냈어요!"

이렇게 말씀드리고 칭찬받고 싶었는데 만날 수 없다니…….

양정순 선생님, 뒤늦게 찾아뵈려 한 제자를 용서하시고 부디 하늘에서 평안하세요. 어디선가 언젠가 선생님이 내 소식을 듣고 대견해하신 적이 한 번이라도 있다면, 그랬다면 원이 없겠다.

아빠, 내가 알아서 할게

언제부터인가 우리 집에는 늘 주사바늘이 있었다. 안방 한구석에 놓여 있던 스테인리스 그릇과 주사기 그리고 날카롭게 빛나던 은색 바늘. 아버지가 편찮으시게 된 후부터였다. 아버지가 기침을 하거나 열에 들떠 누워 있으면 엄마나 동네 어른이 아버지에게 주사를 놓았는데, 물자가 귀하고 위생관념이 지금 같지 않았던 시절이라 의료 기구를 한 번 쓰고 버린다는 개념이 없었는지 한 번 쓴 주사바늘을 소독해서 다시 사용했다.

아버지는 어릴 때부터 몸이 약했는데 특히 폐가 좋지 않았다고 어른들에게 들었다. 할머니는 걸핏하면 며칠씩 자리보전을 하는 아버지를 보고 '내가 약하게 낳아서 고생시킨다'고 자책하며 안타까워하셨다. 허약한데다 가장으로서 능력 있는 사람은 아니었지만 아버지는 어린 나에게는 산 같은 분이었다. 항상 거기 있어 든든한 아버지. 아버지는 자식들에게는 따뜻하고 아내는 존중해주는, 당시 시골에서는 드문 사람이었다. 워낙 말씀이 별로 없지만 맡은 일은 성실하게 꾸준히 하는 우직한 성품이라 별명이 '완행양반'이었다. 병을 얻은 것도 본인 체력에 맞지 않게 무리하다가 그렇게 되었으리라.

중 3 어느 날, 안방에 누워 있는 아버지 곁을 걸레질하는데 아버지가 힘없는 손짓으로 나를 불렀다. 거의 나오지 않는 탁한 목소리로 무슨 말씀을 하셨는지 한마디 한마디까지 정확히 기억하지는 못하지만 내 걱정, 엄마와 할머니에 대한 부탁 그리고 어린 동생들을 부탁한다는 말이었다.

"미안허다, 딸. 정말 미안허구나. 내가 이렇게 되어서……. 엄마랑 할머니랑 동생들을 잘 부탁헌다."

아버지 말씀의 의미를 이해하는 순간 손이 부들부들 떨리고 눈앞이 캄캄해지면서 두려움이 밀려왔다. 정말 아버지가 우리 곁을 떠나실 수밖에 없는 걸까?

'아빠, 안 돼요. 나랑 엄마는 어떡하라고. 할머니는 또 어떻게 살라고!'

그렇게 외치면서 아버지를 붙잡고 몸부림치며 엉엉 울고 싶었다. 하지만 생사의 기로에 선 아버지는 나보다 천만 배는 더 힘들어 보였다. 그 순간 나를 의지하고 우리 가족을 부탁하는 아버지 앞에서 절대로 약한 모습을 보여서는 안 된다고 생각했다. 눈물이 가득 찬 눈을 보이지 않으려 애써 시선을 피하며 아버지 손을 꼭 잡고 재빨리 말했다.

"아빠, 걱정 마세요. 내가 다 알아서 할게. 내가 알아서 할게."

아버지는 희미하게 웃으셨다.

다음 날이 고등학교 입학원서를 내는 마지막 날이었다. 등교하자마자 담임 선생님에게 인문계에서 실업계로 진로를 바꾸겠다고 말씀드렸고, 선생님도 말없이 원서를 바꾸어주셨다.

내가 광주여상 1학년일 때 아버지는 결국 돌아가셨다. 아버지 나이는 마흔일곱 살이었고, 엄마는 마흔다섯 살에 과부가 되었다. 아버지를 묻어드리고 내려오는 길이 어찌나 멀기만 하던지. 늘 뛰어다니던 동네의 풍경이 전혀 다르게 느껴졌다. 푸른 풀잎도, 좋아하던 나무도 모두 색이 바랜 듯, 먼지를 뒤집어쓴 듯 희미하고 생기 없어 보였다. 아버지 없는 세상은 그렇게 달라졌다.

아버지 삼우제를 마치고 한참 뒤 안방 청소를 하다가 빗자루로 책상 밑을 쓸었는데 아버지 증명사진이 책상 밑에서 먼지와 함께 쓸려 나왔다. 정장을 단정하게 입은 더 젊고 건강한 아버지가 그 사진에 있었다. 할머니에게 사진을 드렸더니 할머니는 금세 눈물이 그렁그렁한 채 사진이 구겨질세라 두 손에 가만히 놓고 바라보셨다. 아버지 장례식에서는 꿋꿋한 모습을 보이려고 애쓰셨는데 젊고 건강했던 아들 사진을 보니 억눌렀던 슬픔과 그리움이 터져 나왔는지 꺼이꺼이 우시는 할머니에 기대어 나도 많이 울었다. 항상 따뜻했던 아버지가 이제는 이 세상에 계시지 않고 앞으로도 영영 만

책상 밑에서 나온 아버지 증명사진

날 수 없다는 현실이 나를 마치 등불이 꺼진 어두운 길을, 언제 끝날지도 모르는 길고 긴 길을 혼자 걷는 것 같은 두려움에 빠지게 했다.

내가 어릴 때 동네 아저씨들이 이런저런 사정으로 일찍 돌아가시는 일이 많았다. 그래서 여자들은 시집에서 과중한 노동에 시달리며 학대를 당하거나 시집이나 친정에 아이를 두고 재가를 했다. 더러 잘사는 경우도 있었지만 가부장제가 강했던 시대에 시골에서 재혼한 여자들의 삶이란, 새로 만든 가정에서 무시와 폭력을 당하거나 더 큰 어려움에 빠지는 경우도 부지기수였다. 그렇게 혼자가 된 여성들은 고난을 겪고 그 때문에 한 가정이

깨지거나 형제끼리 헤어지는 경우도 많았다.

신산한 삶 속에서 다섯 남매를 키우신 어머니

자라면서 그런 것들을 목격한 나는 아버지의 부재로 가족이 헤어지는 것에 큰 두려움을 갖게 되었고 우리 엄마는, 우리 가족만큼은 절대 헤어져서는 안 된다는 일념으로 가족을 더욱 챙겼다. 특히 엄마를 지켜야 한다고 생각했다. 동네 아저씨들이 잠시라도 엄마에게 말을 걸면 너무 싫었고 화가 났다.

당시 나는 주중에 광주여상을 다니고 주말에 집에 왔는데 집에 오면 곧장 아버지 산소에 달려가 절을 올린 다음 아버지가 돌아가셨을 때 입었던 소복을 입고 앞치마를 매고 하루 종일 집안일을 했다. 아빠가 안 계신 우리 가정이 깨질 수도 있다는 두려움, 엄마와 함께 있고 싶다는 바람, 걱정을 감추기 위해 더 악착같이 집안을 쓸고 닦았다.

소복을 입은 것은 아버지를 추모하는 행동이기도 했지만 엄마에 대한 일종의 시위였던 것 같다. 지금 생각하면 참 답답하고 옳지 않은 짓이었지만 어린 나는 그저 고집스럽게 계속 불안해하고 경계했다. 내가 어찌할 수 없는 이유로 우리 가족이 흩어질까 봐 안절부절못했다. 그렇게 과민하게 구는 내 속을 알아차렸는지 고등학교 2학년 때 할머니가 나를 불러서 말씀하셨다.

"내 손지, 이리 앉아봐라. 니 엄마가 너무 젊어 혼자 돼서 너무 불쌍 안 허냐? 나는 니 엄마가 너무 짠허다. 네가 엄마를 정말로 위한다면 엄마가 재가하도록 해야제."

엄마가 다른 사람에게 시집 갈 수도 있다고? 어떻게 그럴 수 있지? 나는 그런 일을 상상하는 것조차 기가 막혀 도리질을 하며 아니라고, 절대로 안 된다고 소리를 질렀다. 나는 늘 할머니에게 공손했는데, 그런 내 모습에 할머니도 놀라셨던 모양이다. 엄마는 언제까지나 돌아가신 우리 아빠의 아내이고 우리 가족은 내가 지킬 거라고 말했다. 나중에 알고 보니 그것은 젊어서 혼자 된 며느리를 걱정하는 할머니만의 생각이었고 엄마는 고된 살림살이에 우리를 돌보느라 재가 같은 것은 전혀 고려하지 않았다.

엄마는 마흔다섯 살에 과부가 되어 시어머니를 모시고 자식을 공부시키며 열심히 사셨다. 참으로 고맙고 장하신 분이다. 이제 와서 돌아보면 나는 엄마를 지키고 가족을 지킨다는 생각에 골몰

한 나머지, 여자로서 엄마의 인생, 한 사람으로서 엄마의 마음을 깊이 이해하지 못했다. 엄마로서 엄마만 생각했지 여자로서 엄마에 대해서는 내 나이 마흔다섯이 되어서야 조금씩 생각하게 된 것 같다. 그때 엄마가 얼마나 젊었는지 깨달았고, 그제야 나는 철이 들었다.

열여섯, 열일곱의 나는 더욱 그랬다. 엄마 앞에서 되도록 자주 아버지 얘기를 하며 뭐든 악착같이 했다. 밭 매기, 목화 다듬기는 물론 나무도 하고 손에 잡히는 대로 했다. 어릴 때부터 인이 배기도록 일한 터라 집안일은 나에게 크게 어렵지 않았다. 하지만 속으로는 나도 힘들었고 이런 생활에서 벗어나 공부만 하고 싶었다.

따뜻했던 아버지와 어머니, 무조건 나를 사랑해주시는 할머니에게 귀여움도 많이 받았지만 학교 공부와 집안일에 어린 동생들까지 돌봐야 하는 시골 생활은 고될 수밖에 없었다.

초등학교 저학년 때부터 집안 살림은 다 내 몫이었다. 청소는 기본이었고 아궁이에 나무를 때서 가마솥에 밥을 하고 흙 묻은 채소를 깨끗하게 다듬어 상을 차리는 것도 내 일이었다. '빠릿빠릿하고 손이 야물어서 밭일도 야무지게 잘한다'는 칭찬을 들었던 나는 종종 할머니가 일하시는 채소밭으로 불려 나가기도 했다.

특히 힘들었던 것은 추운 겨울날 찬물에 설거지를 하는 것이었다. 불을 땐 따뜻한 방 아랫목에서 밥을 먹고 상을 물리고 나면 얼음장 같은 찬물에 설거지를 해야만 한다. 솥에다 물을 데워서 할 수도 있었지만 나는 그런 데에 아까운 땔감을 낭비하기 싫었고, 한시라도 빨리 이 일을 끝내고 책이라도 한 자 더 보고 싶은 마음에 살얼음이 얇게 떠 있는 찬물에 맨손을 푹푹 담갔다. 그렇게 얼음물에 맨손으로 설거지를 하고 나면 손가락이 뻣뻣해지고 감각도 사라져 이게 내 손인지 다른 사람 손인지 싶었다.

나는 이제까지 대체로 건강하게 살아왔고 음식도 환경도 특별히 가리는 것이 없지만 찬물에 손이 닿는 것만큼은 싫고 두렵다. 찬물에 손끝이 닿으면 관절 깊숙한 곳까지 얼음바늘로 찌르는 듯한 통증이 느껴진다.

그렇게 점심을 차리고 나면 고추밭에 나가 소쿠리 가득 고추를 따왔다. 고추를 말리며 잠시 허리를 펴려면 하얀 목화송이 더미가 몇 자루씩 집 마당으로 꾸역꾸역 밀려들었다. 가스등 하나뿐인 어둠침침한 방 안에서 할머니와 엄마 그리고 동생을 등에 업은 내가 목화송이에서 작고 까만 씨앗을 빼내는 밤이 이어졌다. 그러다가 잠이 오면 동생을 포대기에 싸서 뉘고 나도 그 옆에서 쓰러지듯 잠들곤 했다.

요즘 꽃가게에서 잘 여문 목화송이를 꽃다발처럼 묶어서 판매하는 것을 봤다. 아가씨들이 고운 손에 그것을 사들고 가며 하얗고 예쁘다고 감탄한다. 그러나 나에게 하얗고 통통한 목화송이는 꽃다발 장식과 같은 낭만이 아니라 어린 시절의 가난과 고된 노동, 엄마와 할머니의 거친 손을 떠올리게 하는 물건일 뿐이다.

어린 나에게 집안일은 악보의 도돌이표처럼 끝이 없었고 해도 도무지 티가 나지 않아 답답한 일이었다. 공부는 열심히 하면 성적으로 결과가 나오는데 집안일은 도무지 끝이라는 게 없었다. 학교에서 돌아오면 친구들과 놀고 싶었지만 그런 여유를 부릴 틈이 없었다. 때를 놓치면 숙제는커녕 좋아하는 책 한 페이지를 제대로 보기가 힘들었기 때문이다.

그래서 때로는 하굣길에 논둑길을 걸으며 오늘 배운 것과 숙제거리를 미리 읽어놓은 다음 집에 오자마자 옷도 갈아입지 않고, 때로는 책보따리를 두른 채 숙제를 해치워버린 후 앞치마를 매고 집안일에 뛰어들었다.

그때 자주 마셨던 것이 사카린 물이다. 할머니는 찬장 위쪽 유리그릇에 하얀 고체 덩어리를 따로 놓아두셨는데 그 가루가 어찌나 비현실적으로 새하얀지 주방에서 그것만이 돋보일 정도였다. 마치 이 세상의 물건이 아닌 것처럼 보였다.

할머니는 기운이 딸릴 때나 밭일을 오래하신 뒤 그것을 부숴 물에 타 손가락으로 휘휘 저어 꿀꺽꿀꺽 들이키셨다. 나도 할머니를 따라 그렇게 마셔보았는데 자극적인 단맛이 혀끝에 확 퍼지면서 시간이 지나면 왠지 몸에 힘이 나는 것 같았다. 그게 '사카린'이었다는 것은 한참 뒤 알았는데 몸에 나쁘다 어떻다 말이 많았지만 딱히 그런 것 같지는 않다. 이 나이 되도록 건강에 문제없이 활동하며 잘 살아온 것을 보면 말이다.

나는 해결사

가끔 인터뷰를 하다보면 원래 성격이 어떤지 질문을 받는다. 내 성격, 내 스타일은 종종 '해결사'로 자임하는 것이다. 한동안은 애매한 것을 정해주는 여자, 즉 '애정녀'라고 불렸다. 어떤 문제가 생기면, 가족이나 친구에게 어려운 일이 생기면 어떻게든 방법을 찾아 해결하거나 해결의 실마리를 내가 주체적으로 마련해야 직성이 풀린다. 내 능력으로 하든, 다른 사람이나 인맥을 통하든 일단 어떤 문제를 인지했다면 그 해결책은 내가 찾아내야 한다. 그 때문에 주위에서 감사의 말도 많이 들었지만 능력 밖의 고민을 떠안아 곤란할 때도 있다.

천성적으로 오지랖이 넓어 남의 처지에 잘 몰입하며 동정심이 많은 탓이다. 그리고 어릴 적부터 그렇게 살게끔 자라온 탓이기도 하다. 내가 잘해서 또는 하고 싶어서가 아니라 그냥 자연스럽게 내가 해내야 하고 할 수밖에 없는 상황에서 자랐기에 그렇다.

아주 어릴 적에도 그랬고 학교에 들어가서는 학교에 어려운 일이 있을 때나 연구수업 등이 있을 때 제일 먼저 발표자로 지목되었다. 지목을 받지 않더라도 아무도 나서는 사람이 없으면 답을 알든 모르든 먼저 손을 들었다. 아무도 나서지 않고 곤란해지는 상황을 유난히 못 참았던 것 같다. 심지어 학교 소풍에서 아무도 장기자랑에 나서지 않으면 내가 나서서 했다.

회사에 들어가서도 마찬가지였다. 팀원들 사이에 미묘한 기류가 감지되거나 같이 일하는 직원의 기분이 저조한 것 같으면 그걸 잘 알아채 도닥이는 것도 내 몫이었다. 오지랖이 넓어서인지 남의 기분을 잘 눈치채는 편인데 그 덕분에 좋은 후배들과 대화도 많이 나누며 진정한 교류를 할 수 있었다. 결혼해서도 그랬다. 남편은 항상 바빴고 나도 그에 못지않게 바빴지만 시어머니는 곤란한 집안 대소사는 전부 나에게 말씀하셨다. 나는 어머님 말씀을 듣다가 늘 이렇게 말했다.

"네, 어머님. 제가 알아서 할게요. 걱정 마세요."

알아서 하겠다고 아버지와 한 약속을 지키려고 나는 어린 나이에도 엄마나 할머니한테 말 못하는 일을 꽤 많이 했다. 아버지가 돌아가시고 난 뒤 안 그래도 어려웠던 살림은 더욱 기울었고 그와 반비례해 나와 동생들은 커졌으니 교복이며 학비며 돈 들어갈 일이 늘어갔다. 나는 동생들이 납부금과 교복값을 먼저 내게 하고 내 것은 마지막까지 기다렸다가 독촉을 받고 나서야 냈는데, 납부 기한을 넘기면 교무실에 불려갔다. 납부금을 내지 못해서 아침부터 교무실에 불려가 집이 가난하다고 말해야 하는 상황을 내가 겪는 게 낫지 동생들에게 겪게 할 순 없었다. 고등학교 때 특히 그런 일이 잦았는데 계속 지적을 받는 나도, 재촉해야 하는 담임 선생님도 참으로 고역스러운 일이었다.

고등학교 2학년 때였던가, 그날도 교무실에서 밀린 납부금 문제로 담임 선생님과 면담하는데 불쑥 당돌한 말이 튀어나왔다.

"선생님, 죄송한데 정말 돈이 없어요. 일단 선생님이 좀 내주세요. 제가 벌어서 금방 갚을게요."

선생님은 한편으로는 안쓰럽지만 한편으로는 기가 막힌다는 표정으로 한동안 나를 바라보았다. 나는 그런 시선을 피하지도 않고 그렇다고 울지도 않고 선생님을 똑바로 쳐다보며 거듭 부탁했다. 자존심은 이미 접은 지 오래되었지만 불쌍하게 보이고 싶지는 않았다. 그저 돈이 없으니 한 번만 도와달라고만 했다. 창피함도 느낄 수 없었던 것은, 이 기회를 놓쳐 학교를 다닐 수 없게 되면 모든 게 끝장이라는 생각밖에 없었기 때문이다.

그때 납부금은 지금으로 따지면 20만 원 정도 되었다. 그 정도

집안 형편 때문에 여상을 선택했지만
소중한 추억의 한 페이지가 된 고등학생 때

돈은 선생님에게도 적은 금액이 아니었을 것이다. 선생님은 한숨을 깊이 쉬셨고 '빌려주는 것'이라며 납부금을 내주셨다. 일단 해결했으니 한숨 돌릴 수 있었지만, 대체 이 돈을 어떻게 벌어서 갚을 것인가.

전남 화순군에는 지금은 흔적 정도만 남아 있지만 당시에는 큰 시멘트 공장과 광산이 있었다. 납부금을 빌려서 낸 뒤 자나 깨나 무엇이든 해서 돈 벌 궁리를 하던 내게 누군가 광산에서 일할 수 있다는 이야기를 해주었다. 나는 주말에 광산에서 일할 수 있는지 알아보았다. 처음에는 웬 여자애가 일한다니 아무도 진지하게 받아주지 않았다. 방해만 되니 어서 집에 가라는 반응이었다.

며칠을 매달렸다. 그러자 여자애라 갱도에 들어갈 수는 없으니 아무렇게나 쌓아올린 돌무더기 사이에서 쓸 만한 것들을 손으로 골라내는 일을 하라고 했다. 거칠거칠한 목장갑을 끼고 하루 종일 땡볕에서 돌을 골라내면 또래가 하는 일보다 조금 많은 일당을 받았던 것 같다. 그래서 주중에는 학교에 다니고 주말에는 집에 내려가 집안을 정리한 뒤 엄마와 할머니 눈을 피해 광산에서 돌 골라내는 일을 했다. 그렇게 한 지 몇 달 만에 선생님에게 빌린 돈을 겨우 갚고 마음의 짐을 덜 수 있었다.

장학제도가 있다는 걸 알게 된 뒤로는 조금 쉬워졌다. 동생들 납부금을 먼저 낸 뒤 교복이며 학비며 기타 납부금도 장학금을 받아서 냈다고 거짓말했다. 시어머니를 모시며 다섯 남매를 책임진 엄마는 매일 밤 지친 모습으로 돌아와 부뚜막에서 식은 밥을 물에 말아 마시듯이 먹은 뒤 기진맥진해 잠드셨다. 그런 엄마에게 나까지 차마 돈을 달라고, 학비를 달라고 할 수 없었다. 가끔 엄마가 걱정스러운 얼굴로 납부금에 대해 물으면 나는 웃으며 말했다.

"엄마, 내가 알아서 할게. 나 이번에도 전액 장학금 받잖아. 형편 어려운 애들한테 주는 거."

그리고 저녁이면 몰래 광산으로 가서 일했다. 일하다가 돌 더미에 손을 다치거나 넘어져도 집에 와서는 아픈 티를 낼 수 없었다. 적당히 안 보이게 싸맨 뒤 낫기만 바라는 수밖에.

엄마는 나중에 모든 사실을 알고 눈물지으며 안타까워하셨다. 특히 주말 동안 가족 눈을 피해 광산에서 일했다는 것을 아시고는 큰 충격을 받으셨다. 하지만 나는 괜찮았다. 괜찮을 수밖에 없는 환경에서 그렇게 해서라도 엄마의 부담을 덜 수 있었으니까.

지금 생각해도 그때의 내가 가엾거나 엄마에게 서운한 마음이 들진 않는다. 나 스스로는 그렇게 헤쳐 온 것이 특별하거나 장하거나 마음 아픈 일이라고 생각하지 않았다. 내가 처한 상황에서는 그게 최선이었고 무엇이든 내 힘으로 '알아서' 해낼 수밖에 없는 나날이었다. 건강해서 내 힘으로 일할 수 있다는 것이 다행스러웠고 그렇게 뭔가를 해서 우리 가족이 함께할 수 있으니 괜찮았다. 그리고 그 모든 힘든 일도 내가 온전히 감당할 수 있기에 내게 주어졌을 것이다.

삼성반도체 신입사원 양향자입니다!

1985년 11월 25일 초겨울의 아침. 나는 며칠 전부터 분주하게 짐을 챙겼다. 교복을 제외하고 내가 가진 몇 벌 안 되는 옷들 가운데 가장 도회적이고 단정하게 보이는 것들만 고르고 또 골랐다. 너무 낡지 않았는지, 벗어두었을 때 헤어진 부분이 보이지 않는지 꼼꼼하게 살피다보니 가방에 넣을 만한 옷가지가 별로 없었다. 그리고 앞으로 필요할 만한 책들도 챙겨 넣었다. 자정쯤 짐을 다 챙기고 잠자리에 들었는데 도무지 잠이 오지 않았다. 결국 새벽녘에 깨어나 기껏 싸둔 짐을 다시 쌌다가 풀었다가를 반복했다. 결국 절반은 앉아서 뜬눈으로 밤을 새웠다.

이날은 나의 첫 직장, 광주여상을 우수한 성적으로 졸업한 양향자가 최종 합격통보를 받은 삼성반도체로 떠나는 날이었다.

잠을 설쳐 퉁퉁 부은 눈으로 후딱 찬물로 세수를 한 뒤 짐을 싸서 엄마와 함께 광주터미널로 나섰다. 하늘이 유난히 맑고 바람이 차가웠던 그날, 초겨울 추위에 입김만 내뿜을 뿐 엄마도 나도 말이 없었다. 뭐라고 말을 꺼내면 눈물을 보일 것 같아서였을까. 함께 역에 도착한 엄마와 플랫폼에 한동안 앉아 있었다. 드디어 일어나야 하는 순간, 떠나는 버스를 타기 직전에 엄마가 내 손을 끌어 잡았다. 엄마의 손은 언제나 그랬듯 거칠고 차가웠다. 평생 물마를 일 없던 손, 나무하고 바느질 하고 목화씨 빼느라 로션 한번 제대로 묻혀본 적 없는 거친 손.

"아나, 전 재산이다."

엄마는 꼬깃꼬깃해진 돈 3만 원을 내 손에 쥐어주셨다.

당시 3만 원이면 큰돈이었다. 항상 어려웠던 우리 집 형편에는 더더욱 거액이었다. 돈을 보면 '이 정도 돈이면 쌀이 얼마만큼인데'라는 생각이 자동으로 들던 시절이었고 그럴 수밖에 없던 형편이었다.

평소 같으면 '됐다'고 '엄마 쓰시라'고 돌려드렸을 것이다. 하지만 그날은 그 돈만큼은 꼭 받고 싶었다. 엄마가 주시는 돈이니까? 아니, 그것만은 아니었다. 그 돈을 보는 순간 '이 정도는 내가 받아도 되겠다'는 생각이 속에서 울컥 밀려왔다. 돌아보면 참 나답지 않은 행동이었다. 주저 없이 엄마 손에서 구겨진 돈을 받아

뭔가를 털어버리려는 듯 손바닥으로 쫙쫙 폈다. 그리고 그 큰돈을 누가 볼세라 냉큼 반으로 접어 지갑 제일 안쪽에 넣었다. 그리고 이날까지 한 번도 엄마한테 돈을 받아본 적이 없다.

덤덤하게 엄마 얼굴 한 번 보고 버스에 올랐다. 기도하듯 두 손을 모으고 터미널에 서 있는 엄마 모습이 차창 밖으로 서서히 흐려지고 익숙한 광주 시내를 벗어나 큰 도로에 들어서자마자 눌러왔던 감정이 터져버렸다. 창문에 이마를 기댄 채 소리 죽여 훌쩍훌쩍 울었다. 방금 헤어진 엄마가 보고 싶었고 세상에 혼자 내던져진 것 같은 외로움이 파도처럼 밀려왔다.

하지만 눈물도 그리 오래가진 않았다. 일하게 될 회사 생각에 긴장했다가 '새로 만날 사람 가운데 못된 아이가 있으면 어떡하나' 하는, 해봤자 아무 쓸데없는 걱정도 하면서 긴 버스 여행에 지쳐 잠들었다 깨어나기를 몇 번 반복하고 나니 어느새 목적지인 수원역에 도착해 있었다.

'합격자는 수원역에 도착해서 회색과 파란색으로 된 삼성 버스를 찾으라'는 말을 처음 들었을 때는 기가 차고 막막했다. '이런 식으로 집결장소를 알려주는 사람이 어떻게 삼성에 들어갔을까? 분명히 일을 아주 못하는 사람일 거야' 하는 생각도 들었다. 수원역은 분명 광주역보다 클 텐데 처음 가는 사람이 '회색과 파란색 버스'를 어떻게 찾으란 말인가.

그런데 웬일인가. 내 걱정이 무색하게 수원역에 회색과 파란색의 대형버스 여러 대가 누구라도 알아볼 수 있게 들어차 있었다. 전국의 실업계에서 한 명 또는 두 명씩 선발된 나와 같은 합격자들이 단정한 정장차림에 짐가방을 든 비슷한 모양새로 버스 주위로 모여들고 있었다.

삼성 직원인 듯 파란색 유니폼을 입은 사람 하나를 붙들고 '삼성반도체'라고 했더니 기다렸다는 듯 큰 버스를 가리키며 어서 타라고 했다. 다시 버스를 타고 수원역에서 삼성반도체 공장이 있는 기흥으로 출발했다.

지금이야 수원과 기흥에 수십 층짜리 아파트들과 백화점이 있고 기흥도 번화한 도시가 되었지만 당시만 해도 그 인근은 아무것도 없는, 서울과 시골 사이의 '텅 빈 공간'이나 마찬가지였다. 버스가 다니는 길마저 비포장도로였다. 게다가 겨울이라 해가 일찍 저물어 오후인데도 주변이 서서히 어두워지기 시작했다. 나를 비롯해 합격자들은 대여섯 명 빼고는 다 여자였는데 생소한 주변 환경에 살짝 무서운 생각까지 들었다.

'이거 정말 회사 가는 버스 맞아?'

이런 생각이 들려는 찰나 버스가 커다란 철문을 통과했고 인솔자들 사이에서 '도착했다'는 웅성거림이 들렸다.

요즘도 인터뷰를 할 때나 후배들을 만날 때마다 삼성반도체에

1986년 삼성에 입사한 뒤 태권도를 배웠다.

입사했던 첫날의 심정을 이야기해달라는 요청을 받는다.

아, 그날! 그날을 떠올리는 것은 정말 즐거운 일이라 나는 30분이라도 그 이야기를 아주 즐겁게 할 수 있다. 그리고 30년이 지난 지금도 그 순간만은 방금 겪은 일처럼 생생하게 이야기할 수 있다. 전라남도 화순 출신 시골 소녀 양향자가 삼성반도체 기흥 공장에 처음 들어서던 순간을 말이다.

내 인생에 '빛'이 들어온 순간이었다. 침침한 방 안, 새로 간 전구에 스파크가 일며 불이 환히 들어오는 것처럼, 길고 캄캄한 터널을 지나 밝은 햇빛 속으로 나아가는 것처럼. 파란색과 회색의 버스를 타고 기흥에 도착한 내 시야에 들어오는 모든 것이 거짓말처럼 환하고 반질반질했다. 안내를 받아 공장 안으로 들어서자 감탄사가 절로 나왔다. 정문과 모든 건물, 모든 시설이 한 치의 더러움도 없이 깨끗하고 깔끔했다. 유니폼을 입은 직원들의 모습도 그랬다. 효율적이고 아름답고 깨끗한 거대한 요새. 삼성반도체 기흥공장의 첫인상이었다.

이후 며칠 동안 선배들에게서 공장과 시설들, 업무에 대한 안내를 받으면서 내가 받은 첫인상은 더욱 강해졌다. 당시만 해도 반도체는 생소하게 여겨지는 첨단산업이었고, 그 시절 공부 잘하는 실업계 졸업생은 대기업 사무직 보조나 은행원으로 취업하는 것이 일반적이었다. '반도체' 하면 무조건 공장이라며 낮추어보는 어른들도 있었다. 사람들이 '그래도 은행이 좋지 않겠어'라고 했지만 나는 '반도체 회사'에서 일하게 되었다는 사실이 좋았다. 아직 많이 알려지지 않은 최첨단 산업의 한가운데에 뛰어들었다는 것, 앞서간다는 것은 나에게는 가슴 뛰는 일이었다. 그리고 반도체는 국가에서 육성하는 미래산업이었다. 삼성반도체의 미래가 곧 우리나라 수출의 미래라는 말을 입사 이후 몇 년 동안 귀에 못이 박히게 들었다.

'그렇다면 이건 세상을 바꿀 수 있는 일이잖아!' 나는 속으로 외쳤다. 첨단산업의 복판으로 뛰어들었다는 자부심도 느꼈지만 물리적·환경적으로 내가 속해 있던 곳과는 너무도 다른 공장 모습에 압도되었다. 모든 것이 너무도 깨끗하고 최신으로 보였기 때문이다. 기흥의 삼성반도체 공장은 생전처음 만나는 완전히 다른 차원의 세상이었다.

일찍 돌아가신 아버지와 가난했던 환경, 가족이 있어 버틸 수 있었고 행복한 순간도 많았지만 열여덟 살까지 나를 둘러싼 물리적 환경은 고되고 힘들었다. 나보다는 가족, 엄마, 동생들이 먼저였다. 가족이 세상에서 가장 소중했기에 불평하진 않았지만 내안에 '나만의 길'을 찾고 싶은 목마름은 분명 있었다. 18년 동안 내가 가질 수 있는 것들은 항상 제한되고 보잘것없는 것들뿐이었다. 하지만 기흥에서는 시골 소녀 양향자에게 세계적인 기업에서 첨단산업의 일원으로 일할 기회가 열린 것이다.

나는 곧장 기흥의 모든 것을 사랑하게 되었다. 먼지 하나 없이 깨끗한 공장, 유니폼을 입은 선배들, 4인 1실의 정갈한 기숙사, 깨끗한 계단과 빈틈없이 정돈된 이불, 오직 나만이 쓸 수 있는 침대. 이곳저곳을 보고 또 만지면서 나는 여기를 내 집으로 삼겠다고 마음먹었다. 그리고 다짐했다.

'난 여기에 뼈를 묻을 거야.'

한참 뒤 입사 동기들과 기흥에서 첫날을 이야기한 적이 있다. 엄마가 보고 싶어서 울었던 일, 처음에 일 배우면서 힘들었던 이야기. 각자 첫날을 이야기하는데 누군가 불쑥 이런 말을 꺼냈다.

"향자는 우리랑 출발이 달랐어."

"출발이 달랐다고?"

"응, 여기 온 첫날부터 선배들 이야기를 듣는 자세가 달랐어."

그랬던가? 그랬던 것도 같다. 입사 첫 주 만에 교육생 전체 대표가 되었으니까 남들에게도 무언가 달리 보였겠지. 새로운 세상에 대한 기대와 인정에 목말라 있던 나는 더욱 열심히 선배들 말에 귀 기울이고 가능한 한 모든 것을 기억하려 애썼다. 아니, 물을 흡수하는 스펀지가 된 것처럼 듣고 보고 받아들였다. 열심히 일해서 배우고 더욱더 인정받고 최고가 되고 싶었다.

최고가 되고 싶고 인정받고 싶은 나의 큰 꿈과 달리 여상 출신 신입사원이 첨단 반도체회사에서 할 수 있는 일은 한정적이었다. 나는 말 그대로 '복사하고 커피 타는' 일부터 했다. 처음 해보는 일다운 일이고 자부심을 느낄 수 있는 선배들과 함께했기에 그런 일들도 고맙기만 했다. 하지만 나 자신으로 더 의미 있는 일, 양향자로서 이름을 갖고 전문적으로 일하고 싶다는 마음도 커졌다.

'고졸' 출신의 '보조원'

당시 우리나라의 반도체 기술력은 걸음마 단계였다. 지금은 세계 1위로 우리 경제의 20%를 담당하지만 당시는 삼성반도체를 필두로 한 몇몇 대기업이 일본 기업들을 배우고 모방하는 수준이었다. 지금은 과거의 이름이 되었지만 히타치, 도시바, 산요 등은 당시 첨단을 달리던 일본 기업들이었고 우리는 그들의 기술이 담긴 논문을 열심히 읽고 배운 다음 그것을 바탕으로 실험해서 제품으로 발전시키고 있었다. 그것이 1980년대 우리 전자업계의 일이었다.

그래서 사무실마다 일본 기술서적들이 널려 있었고 명문대학은 물론 미국에서 박사학위를 받고 온 나이 많은 선배들도 일본 서적의 반도체 관련 최신 동향을 읽으며 골머리를 앓았다. 일본에서 반도체나 첨단기술 관련 새 책이나 논문이 나오면 회사에서 가장 먼저 구입한 다음 전문번역가에게 번역을 맡겨 돌려보곤 했다. 번역본이 나오면 박사 출신 선배들의 사무실에서 감탄사가 또는 탄식이 흘러나오기도 했다. 그런데 내가 일본어를 할 수 있다면? 정보를 얻

삼성반도체에서 일하는 것 자체가
꿈만 같았던 때

는 속도는 남들보다 빨라지고 앞서갈 수 있었다.

당시 나는 '복사하고 커피 타는' 견습 단계를 넘어 업무 보조 역할을 본격적으로 했다. 회의 장소를 준비하거나 다른 부서에 가서 반도체 도면이나 일본어 책 번역본을 받아오는 것이 내 일이었다. 그러면서 다른 이들이 일하는 것을 지켜보며 부서별로 협력하는 과정, 조직이 움직이는 과정을 어렴풋이 이해할 수 있었다. 일본 자료를 읽는 일이 내게 업무로 주어질 리 없었지만 나도 더 알고 싶었다. 대체 무슨 내용이기에 미국 박사 출신 대선배들이 그토록 알고자 하는지 궁금해졌다. 짬을 내어 가장 쉬워 보이는 책을 하나 집어 들었다. 대부분 기술 분야 전문용어였고 영

어를 일본식으로 표기한 부분도 많아 전체 의미를 다 알 수는 없었지만 어찌됐든 띄엄띄엄 읽을 수는 있었다. 고등학교 때 매주 한 시간씩 있었던 일본어 시간에 열심히 공부한 덕분이었다. 읽던 책을 기숙사로 가지고 가서 밤새도록 읽고 또 읽었다.

"일본어를 다시 배우면 다 이해할 수도 있겠는데."

욕심이 생겼다. 마침 사원을 대상으로 일본어 강의가 열린다는 소식을 들었고 당연히 나도 신청했다. 그런데 며칠 뒤 '강의를 들을 수 없다'는 대답을 들었다. 퇴근 후에 하는 강의라 업무에 지장을 주는 것도 아닌데 왜 안 되지? 돌아온 대답은 한마디로 '고졸이라서'였다.

교육부서의 설명은 이랬다. '일본어 강의는 일본어로 된 기술 서적을 보는 것이 주 업무인 기술자들, 대졸 출신 직원들을 대상으로 개설했으므로 고졸 사무보조인 나는 애초에 해당자가 아니라는 것'이었다. 다시 신청서를 작성해 교육담당 부서에 부탁해 봤지만 통하지 않았고 결국 첫 강의 때는 강의를 들을 수 없었다.

일을 더 잘하고 싶어서 공부하고 싶을 뿐인데 사내강의 수강 대상자조차 못 된다니 서운하고 분했다. 고졸, 대졸이 무슨 상관인가. 나도 엄연히 같은 직원이고 더 일하고 싶어서 강의를 듣겠다는데 왜 배제하는지 이해할 수 없었고 이해하고 싶지도 않았다. 불공평하고 차별적이라고 느꼈다. 그다음 강의에도 신청서를 냈다. 그랬더니 그때는 '전례가 없어서 안 된다'는 답이 돌아왔다. 고졸 직원이 사내강의를 신청한 적이 없고 그런 것을 허락해준 전례가 없기 때문에 안 된다는 것이었다. 역시나 받아들일 수 없는 답변이었지만 아예 '대상자가 아니다'는 대답보다는 발전한 것이라고 위로하며 다시 신청서를 썼다.

한 번 안 되면 또 한 번, 그것도 안 되면 거듭해서 일본어 강의 신청서를 내니 교육담당 부서에서도 난감해했다. '고졸이라서 안 되는데 계속 신청서를 내는 애'라는 말도 들었지만 포기하고 싶지 않았다. 고졸이라서 배우고 발전할 기회조차 얻을 수 없다는 건 받아들일 수 없었다. 누구보다 열심히 할 자신도 있었기에 계속해서 신청했고 이제는 잘 기억도 나지 않는 몇 번의 시도 끝에 겨우 강의에 들어갈 수 있었다.

그렇게나 듣고 싶었던 사내 일본어 강의 첫 시간. 교실에 들어서는 나에게 수많은 눈길이 꽂혔다. 환영도, 궁금증도 아닌 이질적인 그 무엇을 보는 듯한 눈빛. 의아스러운 눈빛이었다.

"쟤는 왜 왔어? 고졸이라며?"

"아, 이거 들으려고 계속 신청했다던 고졸?"

내가 듣거나 말거나 아랑곳하지 않고 수군대는 소리가 들려왔지만 꾹 참고 못 들은 척했다. 모두 대졸자였고 나보다 선배였다. 이 사람들과 강의를 듣게 된 것만으로도 나에게는 큰 발전이었고 다행스러운 일이니 참자. 하지만 일본어 강사마저 대놓고 무시하는 것은 견디기 힘들었다.

"미스 양은 여상 나왔다며? 고졸이 일본어 배워서 뭐 하게? 어차피 일도 안 주어질 텐데."

"네, 하지만 저도 배우고 싶어요. 나중에 써먹을 수도 있잖아요."

돌아오는 건 희미한 비웃음뿐이었다.

강사는 강의 중에도 수시로 '미스 양은 이거 모르지?'라는 투의 말로 나를 무안하게 했다. '이거 들어봐야 미스 양은 자격증도 못 따'라는 말을 들었을 때는 정말 그만두고 싶었다. 아주 조금은 서럽기도 했다.

비웃거나 말거나 어렵게 시작한 일을 나는 멈출 수 없었다. 처음에는 간절했다면 이제는 자존심 문제였다. 묵묵히 계속 강의를 들었다. 내가 그만두면 이 사람들이 얼마나 고소해할까 싶었다. 이 사람들이 나를 무시하고 배제한다면? 내가 잘해서 인정받는 수밖에 없었다. 어차피 우리는 출발선이 다르니까.

며칠 동안 계속된 무시에 진저리가 난 나는 가장 먼저 강의실에 도착해서 맨 앞에 앉기로 했다. 누가 강의에 오라고 하지도 않고 먼저 말을 걸어주지도 않았지만 가장 먼저 강의실에 들어갔다. 문제풀이도 퀴즈도 되건 안 되건 무조건 손을 들어 대답하고 눈을 맞추는 나를 보며 일본어 강사도 헛웃음을 지었다. 아마 속으로 '뭐 저런 애가 다 있지' 싶었을 것이다.

그렇게 며칠이 지나고 서너 달이 지나자 어느 순간 강사가 나를 비웃지 않았다. 조금씩 발전해가는 재미를 느끼며 공부에 전념했다. 점심을 일찍 먹고 사무실에 혼자 앉아 받아쓰기를 하고 저녁에는 이불 속에서 등산용 랜턴을 켜놓고 일본어 책을 봤다. 곧 일본어 자격증 시험이 다가왔고 같이 시작한 일본어 수강생 중 내가 제일 먼저 자격증을 땄다. 석 달 만이었다. 고졸이 주제넘게 나선다며 수군대던 뒷말이 쑥 들어갔다. 내가 자격증을, 그것도 가장 먼저 따내자 일본어 강사 또한 놀라워하며 진심으로 축하해줬다. 나 역시 그에게 고마웠다. 서운한 마음 같은 건 잊어버렸다. 그동안 나에게 했던 비아냥거림도, '너는 못할 거'라는 아픈 말들도 결국 나를 움직이게 만든 힘이 되었기에.

그렇게 겨우 일본어 강의를 듣고 악착같이 공부해서 자격증을 딸 수 있었던 건 작은 승리였다. 그리고 그때는 알지 못했지만 그건 그 이후 회사라는 사회에서 내가 부딪쳐갈 일들을 예고하는 '신호'이기도 했다. 일본어 자격증을 따고 연구원들에게 일본 서적을 번역하여 배포하기 시작했을 때 나는 비로소 '미스 양'에서 '양향자 씨'가 되었다.

2부

꿈 너머 꿈

일하면서 더욱 간절해진 배움

주경야독(晝耕夜讀). 일을 하며 공부를 병행하는 것은 참으로 어려운 일이다. 업무를 빈틈없이 하면서 자기발전을 위한 공부를 하고 학위를 따고 성과를 낸다? 말만으로도 힘든 일 아닌가!

하지만 일하면서 하는 공부가 그 일에 긴요하고, 긴요함이 크면 클수록 효율은 높아진다. 동기부여가 크게 되고 배우는 능력도, 속도도 폭발적으로 증가한다. 이것은 내가 체험한 진실이다. 삼성반도체의 수많은 고졸 출신 직원 가운데 한 사람으로서 배우고 싶고 상승하고 싶은 의욕에 가득 찼던 20대 초반의 나는 특히 그랬다.

사내 강의에서 일본어 공부를 시작한 지 약 1년, 연달아 일본어

사내 체육대회에서 활약하던 나

자격증 시험에 합격해 어느 정도 수준에 오른 나는 부서에서 누가 시키지 않았는데도 일본어 논문들을 번역하는 일을 도맡았다.

일본어 자료가 절실했던 선배들이 무척 좋아했다. 번역을 맡기면 며칠 걸려야 받을 수 있는 자료가 하루 이틀 만에 책상까지 배달되니 좋아할 수밖에 없었다. 자료 번역을 해달라는 요청을 받을수록 밤을 새우는 날이 늘어갔지만 그 덕분에 일본어 실력은 더 빨리 늘어갔다. 누가 시켜서 한 일이 아닌데다 다른 구성원들의 응원을 받으며 일하다보니 힘이 났고 새벽 한두 시까지 피곤한 줄 모르고 번역에 매달렸다.

누가 시키지도 않은 일을 그렇게 배우고 또 하고 싶었던 건 무엇 때문이었을까?

'양향자 잘한다'는 칭찬을 받고 싶어서? 공부 성과를 증명하고 싶어서? 그것만은 아니었다. 그들 안에서 나도 당당한 일원이 되고 싶어서였다. 당시 회사에서 나의 직무는 '메모리설계실 연구원 보조원'이었다. '고졸에 연구원 보조원'이라면 여상 출신으로서는 충분한 일이라고 생각할 수도 있지만, 거기에 만족한다 해도 누가 뭐랄 것은 없었지만 나는 '보조'에 그치고 싶지 않았다.

'나도 연구원이 되고 싶어.'

언젠가부터 막연하게 '반도체 연구원 양향자'의 모습을 그리기 시작했다. 처음 그런 상상을 했을 때는 나 자신도 기가 막혀 헛웃음이 나왔지만 날이 갈수록 내 머릿속에서 상상은 구체화되었고 할 수 있겠다는 자신감도 조금씩 생겼다. 배우기만 한다면 저들처럼 잘할 수 있을 거라는 자신감이 말이다. 쟁쟁한 선배들이 치열하게 회의하고 프로젝트를 위해 밤을 새우는 모습을 보면서, 그들의 대화를 귀동냥해 들으면서 나도 그들 속에 끼고 싶었고 보조가 아닌 '연구원'으로 일하고 싶다는 상상을 했다. 정말 꿈을 꿀 때도 있었다. 연구원으로서 신기술을 연구하고 개발하는 모습을. 멍하게 그런 상상을 하는 날이 늘어갔다.

연구원 보조원이 하는 일은 단순하고 반복적이었지만 강도는 매우 높았다. 밤을 새우기 일쑤였고 여러 선배의 업무를 도와서 처리하다보면 잠시도 쉴 틈이 없었다. 1985년 첫해에 함께 입사한 동기 60명 중 절반이 1, 2년 안에 회사를 그만두었다. 강도 높은 업무보다 더 힘들었던 것은 대졸 직원들과 연구원 선배들의 은근한 멸시였다.

"뭐가 힘들다고 그래? 이 일은 초등학생이 발로도 할 수 있어."

'보조'들은 어떤 면에서는 직원도 사람도 아니었다. 우리는 분명히 맡은 일이 있었지만 개인 책상도 주어지지 않았다. 연구원들은 ㄱ자 모양의 널찍한 개인 책상에서 각각 일했다. 자리가 없는 나는 회의실 탁자와 탕비실의 티 테이블을 책상 삼아 도면을 들고 이곳저곳 떠돌았다. 한창 일을 하다가 손님이 오거나 연구원 선배들이 눈치를 주면 일감을 들고 다른 사무실로 옮겨가야만 했다. 일이 고되어서 그만두는 보조원이 많았을까, 대우가 박해서 그만두는 이들이 많았을까? 뭐가 먼저인지 알 틈도 없이 동기들은 하나둘 회사를 떠났고, 선배 연구원들은 보조원들이 책상도 없이 일한다는 사실조차 알지 못하는 듯했다.

도면을 그리다가 선배들의 눈치에 자리를 옮기던 어느 날, 쌓였던 서러움이 터진 나는 일감을 던져놓고 우리 팀 리더인 임형규 차장님을 찾아갔다. 서울대학교와 카이스트를 거쳐 미국 플로리다대학에서 전자공학 박사학위를 한 임 차장님은 팀은 물론 회사 내의 최고 에이스이자 엘리트였다.

"차장님, 저는 왜 책상이 없습니까? 저도 제 자리에서 일하고 싶습니다."

새빨개진 얼굴로 떨며 항의하는 나를 잠시 바라보던 차장님은 고개를 돌려 다른 연구원 선배에게 말했다.

"누가 여기 간이책상 하나 놔줘라."

선배들의 수군거림과 눈총 뒤로 그렇게 내 책상이 생겼다. 연구원 보조원이 차장에게 달려가 책상을 달라고 항의하다니. 당시 회사 분위기에서는 하나의 사건으로 취급받는 당돌한 일이었다. 비록 비좁고 의자와 높이도 잘 맞지 않는 간이책상이었지만 회사에 내 자리가 생겼다는 것이 정말 좋았다. 창고에서 막 가져와 먼지가 쌓인 책상을 걸레로 닦으며 속으로 콧노래를 불렀다.

그 뒤로도 선배 연구원들의 모진소리는 여전했지만 임형규 차장님만큼은 내 인사를 받아주고 도면에 대해 가르쳐주는 등 조금은 나를 '사람 취급'해주는 것 같았다.

어느 날인가, 항상 그랬듯이 선배들이 모일 회의실을 준비하고 뒷걸음으로 총총 나가려는데 임형규 차장님이 나를 불렀다.

"앞으로 미스 양도 회의에 들어와라. 잘 몰라도 그냥 들어봐."

그 자리에 앉아 있던 다른 선배들은 서로 쳐다보며 의아해했다. 나는 반응도 못하고 눈이 동그래진 채 머뭇거리며 서 있을 수밖에 없었다.

임형규 차장님은 망설이는 나에게 손짓을 하며 뒷자리를 가리키셨다. 나는 소리라도 지르고 싶을 만큼 기뻤지만 꾹 눌러 참으며 가만히 자리에 앉았다.

그것이 내가 참석한 첫 번째 회의였다. 무슨 말인지 하나도 알아들을 수 없었지만 열심히 듣고 일단 전부 적었다. 다음 회의에서는 몇 단어가 귀에 들어왔다. 일본어 논문을 번역할 때 써봤고 들어봤던 말들이었다. 그다음 회의에서는 이 사람들이 어떤 이야기를 하는지 대충 그림이 그려졌다. 하지만 여전히 내가 알아들을 수 있는 것은 선배들 어깨너머로 얻어들은 기술 관련 정보와 내가 번역한 일본어 자료의 전자공학 용어들뿐이었다. 내가 알 수 있는 건 조각으로 나뉜 부분들뿐이었고 전체적으로 어떤 쟁점인지, 무엇 때문에 이들이 논쟁하는지는 도통 알 수 없었다.

조금 알게 되니 더 알고 싶었다. 부분적으로 아는 것들이 전체에서는 어떤 의미인지, 우리 부서에서 하는 일이 전체 회사로는 어떻게 연결되는지 너무도 궁금했고 알고 싶었다. 여상에서도 '기술' 과목을 조금 배웠지만 최첨단기술의 선구자인 이 반도체 회사에서는 아무런 소용이 없었다. 나는 겨우 걸음마를 떼고 왔는데 이 회사 연구원들은 비행기로 날아다녔다. 회의에 들어가게 된 것까지는 기뻤지만 내가 조금 안다고 생각했던 것이 아무 쓸

모가 없다는 걸 더욱 깨닫게 된 뒤에는 갑갑함이 커졌다.

처음으로 대학을 가지 못한 게 아쉽고 서러웠다. 삼성반도체 같은 대기업의 기술부서에서 대학을 나오지 않았다는 건 출발점부터 다른 세계에 속해 있다는 것을 의미했다. 한 회사 소속으로 같은 사무실에서 일하지만 도달할 수 있는 곳은 전혀 달랐다. 삼성은 상대적으로 개방적인 분위기였지만 당시 대기업 문화에서는 나 정도 직무를 하는 '여직원'은 몇 년 지나 결혼하면 자연스레 퇴직하는 것이 보통이었다. 실제로 대부분 입사동기들이 4, 5년차에 결혼과 동시에 퇴직했다. 여자들이 일을 못해서? 그것은 일을 잘하고 못하는 문제가 아니었다. 사회 분위기가 그랬다.

1980년대 중반에 '일하는 여성'의 경력, 특히 고졸 사무직 여성의 경력은 대부분 그런 수준으로 끝났다. 간혹 운이 좋고 능력이 좋아서 그보다 더 오래 일한다 해도 '직장생활 열심히 해서 돈을 모아 결혼하는 것'이 직장생활의 목표인 경우가 많았다. 결혼 퇴직을 하지 않는다면? '연구원 보조'로 계속 연구원을 거드는 일만 할 수 있을 터였다. 결혼도, 이 직무에 머물며 길게 직장생활을 하는 것도 누군가에게는 괜찮은 일이었지만, 그것을 선택한 사람에 대해 내 기준으로 판단해서도 안 될 일이었지만, 적어도 내 관심사는 아니었다. 좋은 사람이 생기면 결혼도 하겠지만 그 전에 일하는 사람으로서 성장하고 의미를 찾고 싶었다.

그렇다면 도통 알아들을 수 없는 전문용어로 회의를 하고 해외출장을 밥 먹듯 다니는 저 반도체 연구원들은 어떤 사람들인가? 연구원이 되고자 한다면 기술 전공 대학은 물론 석사 정도는 기본이었다. 그들 중 특별히 실력이 좋은 연구원들은 고교 때부터 기술 분야에 꿈을 갖고 명문대학에서 관련 전공을 한 다음 유학까지 다녀온 사람들이었다. 그들은 순전히 일로 인정받을 수 있었고 임원도 될 수 있을 것이다. 나와 그들은 시작점도, 갈 길도, 바라볼 수 있는 미래도 달랐다.

그런 사람들 속에서 회의장에 끼어 앉아 있는 나는 큰 배들 사이에 띄워진 작은 뗏목같이 여겨졌다. 단순히 대학 4년의 차이가 아니라 사회적 신분의 차이, 수준의 차이, 지식으로는 10년 이상 뒤처져 있다는 게 느껴졌다. 이해할 수 없는 전문용어들을 귀에 들리는 대로 노트에 받아 적으면서 생각했다.

'나도 여상 다닐 때 기술, 물리, 화학을 좋아했는데.'

아쉬워해봐야 소용없는 일이었다. 따라잡을 수 없는 것은 일단 제쳐두고 당장 할 수 있는 일본어 자료 번역을 더 열심히 하기로 했다. 자료가 나오면 더 빨리 번역하고 목차를 구성해 보기 편하게 만들어 선배들에게 전달했다. 다 알아듣지는 못했지만 회의에 빠지지 않고 참석했다. 모르는 것이 있으면 선배들에게 물어보며 하나둘 알아나갔다. 그래도 기초가 없어 모르는 것은 어쩔 수 없었다. 각자 업무가 바쁘다보니 나를 위해 시간을 낼 수 있는지 물어보는 일도 쉽지 않았다.

'저 선배가 가르쳐줄까? 귀찮아하지 않을까? 지금 물어보는 게 적당할까?' 하나를 물어보려면 계속 눈치를 보고 여러 가지를 고려하며 용기를 내야 했다. 알고 싶고 배우고 싶었다. 회의장 뒷자리에 앉아 있지만 말고 의견을 내고 싶어졌다. '누가 나를 좀 가르쳐줬으면' 하는 마음이, 바램이 점점 커졌다.

어느 날, 거의 불이 꺼진 사무실에 혼자 앉아 오전에 받은 회의 자료를 들여다보는데 등 뒤에서 선배의 익숙한 목소리가 들렸다.

"미스 양, 궁금한 거 잘 정리해둬. 내일부터 근무 끝난 다음 가르쳐줄게."

"네?"

깜짝 놀라 고개를 들어 휙 돌아보니 선배는 이미 문 밖으로 나가버린 뒤였다. 나를 지켜보던 몇몇 연구원 선배가 스터디시간을 내주기로 한 것이다. 전자공학을 전공한 경북대학교 82학번을 주축으로 한 선배들이었다. 무슨 말인지 알아듣지 못하면서도 회의장에 끝까지 앉아서 받아 적고 거의 매일같이 회의 자료를 번역해 책상까지 배달해주는 내가 안타까워 보였던 모양이다. 나와 다른 세계의 사람들인 것처럼 어렵고 멀게만 느껴졌던 선배들의 배려에 너무 고맙고 황송해서 눈물이 날 지경이었다.

바로 다음 날부터 근무가 끝난 후 매일 한 시간 정도 반도체와 전자공학의 기초부터 배웠다. 선배들은 이과 공부의 기본이 없는 나를 위해 기초부터 배울 수 있도록 커리큘럼까지 짜주었다. 거의 한 달 동안 선배들의 도움으로 기초를 배웠고 회의시간에 잘 알아듣지 못했던 것들도 어렴풋이 배울 수 있었다.

그러나 회사생활이라는 것이 내 시간에 맞춰 돌아갈 리는 없는 법이다. 급작스러운 업무가 주어지거나 외부회의 등으로 선배들이 자리를 비우게 되면, 때로 일이 밀어닥쳐 내가 야근을 하게 되면 공부는 뒷전으로 밀릴 수밖에 없었다. 하루, 이틀, 여러 가지 사정으로 선배들을 만날 수 없고 수업을 하지 못하는 날이 늘어 갔지만 한 번 불이 붙은 배움에 대한 욕구는 사그라지지 않았다. 나는 정말 배우고 싶었다. 스스로에게 묻고 또 물었다.

'양향자, 너는 대체 왜 배우고 싶은데?'

'이대로 직장생활을 이어간다면 연구원 보조로 쭉 일하고 몇 년 있으면 퇴직하겠지. 나는 그건 싫어.'

'그럼 뭘 하고 싶은데?'

'기술을 알고 싶어. 연구원이 되어서 반도체를 만들고 싶어.'

'너무 힘들지 않겠어? 네가 할 수 있겠어?'

'물론 힘이 들겠지. 하지만 할 수 있다고 생각해. 내 분야를 갖

고 당당하게 일하고 싶어. 저 사람들처럼.'

　'왜 그러고 싶은데?'

　'나도 내 이름 '양향자'로 세상에 의미 있는 일을 하고 싶어.'

　'그래, 그럼 이제 뭘 해야 하지?'

　'배워야지.'

'대학생'이 되다

배우고 싶고 알고 싶은 욕구로 머리와 가슴이 터질 것 같은 상태가 되어 몇 달을 고민할 때 사내에서 회사를 다니면서 대학공부를 하는 이들이 눈에 들어왔다. 바로 옆 부서에서도 고졸인 남자 직원들과 나와 비슷한 연구원 보조 몇 명이 아주대학교 등에 입학해 학부를 다니고 있었다. '저 사람들이 한다면 나도 할 수 있겠다' 싶어서 알아봤더니 그들은 전부 공업고등학교를 졸업했다. 이과의 기본소양이 있으니 뒤늦게라도 기술 분야 학부로 진학할 수 있었던 것이다. 문과인 나는 거기에도 해당하지 않았다. 실낱같은 희망이 사라졌다고 느꼈을 때 회사 내에 사원을 위한 4년제 대학과정이 개설된다는 소식이 들려왔다.

지금은 삼성전자 공과대학교(SSIT)라고 불리지만 내가 다닐 때는 삼성전자 기술대학이었던 삼성의 사내대학은 반도체 기술자를 양성하기 위한 기관으로 1989년 처음 문을 열었다. 총 2년 기간의 6학기를 마치면 전문학사학위를 받을 수 있는 대학교이자 국내 최초 사내교육기관이다. 처음에는 반도체공학과, 메카트로닉스학과 두 과정으로 설립되었다. 나는 1991년 반도체공학과에 원서를 냈다. 결혼해서 큰아이 수민이를 낳은 지 몇 달 만이었다. 출산한 지 얼마 안 된 상황에서 무리라는 주변의 만류도 있었지만 놓칠 수 없는 기회였다.

그러나 내 기대와 달리 원서는 곧장 반려되었다. 아니, 아예 접수조차 되질 않는다는 대답이 돌아왔다. '여자가 무슨 사내대학을 다니냐'는 게 이유였다. 이유를 수긍할 수 없다고 했더니 '회사는 여사원에게 투자한 적이 없다'는 대답이 돌아왔다. '회사는 여사원에게 학업 등의 지원을 한 적도 없고 이제껏 그런 요구를 한 사람도 없었다'는 말도 들었다. 공식적인 답변은 아니었지만 그게 당시 회사 '관행'이었다.

'고졸 보조원이 무슨 사내대학을 가나? 그것도 여자가⋯⋯.'

직원들끼리 차를 마시는 자리에서, 면전에서 들은 말이다. 남자 직원들만 그렇게 생각한 게 아니었다. 대부분 여성 직원도 내 요구가 지나치다고 생각했다. '너무 욕심을 내고 공연히 분란을 일으킨다'며 공개적으로 힐난을 들은 적도 있다.

첫해에는 그런 이유로 입학할 수 없었다. 갓 낳은 아기 수민이를 돌봐야 한다는 현실적인 이유도 있었다. 내가 더 우겨봐야 '갓 출산한 여자가……'라며 받아주지 않을 게 뻔했다.

다음 해에 또 원서를 냈다. 이번에는 '문과 여상 출신이 공학 공부를 어떻게 할 거냐'는 반문이 돌아왔다. '이미 연구원 보조로 실무를 익혔고 선배들의 도움과 독학으로 기본적인 공학과정을 공부하니 더 배우면 된다. 잘할 수 있다'고 했지만 받아들여지지 않았다. 두 번째 제출한 원서를 심사조차 하지 않는다는 말을 들은 날, 나는 부서 직원들 앞에서 웃었다.

"그래도 작년보다는 낫네요. 여자라서 안 된다는 것보다는 많이 발전한 거죠."

다들 기가 차다는 듯 고개를 흔들었다. 그때쯤부터 나를 응원해주는 이들이 생겼다. 열심히 해보라고 하는 선배들도 늘어갔다. 계속해서 일본어와 수학 그리고 영어를 공부하며 다음 해에 또다시 원서를 냈다.

세 번째 원서를 제출한 지 며칠 만에 심사대상이 아니라는 답이 다시 돌아왔다. 참을 수 없었다. 나는 사규를 따져 들어갔다. 알고 보니 사내대학은 '근속연수 7년 이상'이면 누구나 원서를 낼 수 있었다. 사규에는 남녀차별도 고졸차별도 그 어떤 차별적 조항도 없었다. 그래서 나는 거의 사생결단하는 심정으로 교육

부서에 민원을 넣었다. 직접 담당자를 찾아가고 원서를 들고 호소했다. 공부하고 싶다고, 나도 자격이 된다고. 이번에도 안 된다면? 보조원으로도 일할 이유를 찾지 못할 것 같았다. 결국 당시 사내 교육부서의 고위급과 면담을 하게 되었다.

"저 이번에 세 번째 원서 냈습니다. 이번에는 기회를 주십시오. 잘할 수 있습니다."

"미스 양 심정은 알겠는데 우리도 곤란해요. 전례가 없어요."

"전례요? 여자에 고졸이 사내대학 간 전례가 없다는 말씀이군요? 전례가 없다면 제가 이번에 시작해볼게요. 사규에도 없는 차별로 또 제외하지 말아주세요. 최선을 다해서 선례를 만들어보겠습니다. 제발, 제발 부탁드립니다. 저 좀 도와주세요."

마지막 기회, 어떻게든 잡아야 한다는 심정으로 벌떡 일어서서 머리를 깊이 숙이며 부탁했다.

세 번째 제출한 사내대학 원서가 받아들여진 날, 나는 합격이라도 한 것처럼 기뻐서 웃다가 화장실에 숨어서 엉엉 울어버렸다. 사내대학 입학을 위한 시험도 봤다. 면접장에서도 똑같이 호소했다. 전례가 없다면 선례가 되겠다고. 결국 나는 간신히, 턱걸이로 입학할 수 있었다. 입학성적은 합격자 중 거의 꼴찌였다. 당연한 일이었다. 합격자 대부분이 대학을 나왔거나 고교에서 이과 공부를 한 후 연구부서에서 몇 년씩 일한 사람들이었다. 공학 전공자가 아닌, 여상 출신 연구원 보조원은 딱 한 사람, 나뿐이었다.

그렇게 나는 대학생이 되었다. 삼성의 사내대학 학생 양향자. 원서가 받아들여지지 않아 삼수를 한 셈이었다. 삼수라기보다는 '삼고초려'라고 하는 것이 더 맞는 말 같았다. 사내대학 삼수생으로서 기쁨은 잠시였고 공부는 생각보다 힘들었다. 전기와 공학은 어떻게든 알아들을 수 있었지만 수학은 너무도 어려웠다. 어떤 날은 정말 아무것도 알아듣지 못하고 집에 돌아온 적도 있었다. 그럴 때면 모른다는 게 부끄럽고 왠지 억울해서 얼굴이 빨개질 지경이었다. 퇴근해서 수민이를 재워놓고 코피를 쏟아가며 공부했다. 겨우 잠이 든 아기가 깰까 봐 한 손으로 아기 배를 도닥이면서 이불 속에서 책을 봤다.

'기숙사에서 손전등 켜고 몰래 공부할 때랑 똑같네.'

이런 생각에 피식 웃기도 했다. 정말이지 내 인생에 그렇게 열중해본 적이 없었다. 이걸 못하면 죽는다는 생각으로 공부했다.

'내가 여기서 실패하면 그때 멈추라고 했던 사람들이 뭐라고 할까? 자기들이 옳았다고 하며 나를 비웃겠지.'

실패했을 때 돌아올 질시와 무시도 두려웠지만 무엇보다 절박했던 이유는 이 기회를 놓치면 남은 직장생활 동안 연구원 보조원으로서만 일해야 한다는 현실 때문이었다. 하지만 누구누구의 보조원으로, 도움을 주는 역할로만 머무르고 싶지 않았다. 게다가 3년 동안 싸워 얻어낸 기회, 내 이름과 내 전문성으로 더 중요한 일을 할 기회를 잡을 방법은 오직 이것뿐이었다. 그래서 절박하게, 치열하게 매일 새벽 세 시까지 혼자 공부했다. 하지만 혼자서 하다보니 결정적으로 막히는 부분을 알아갈 방법이 없었다.

"현재는 미래와 어떻게든 연결되어 있다(Everyone here has the sense that right now is one of those moments when we are influencing the future)."

애플의 전 CEO 스티브 잡스의 말이다. 인생의 중요한 순간마다, 특히 정치에 입문하고 나서 때때로 이 말에 크게 공감한다. 정말이지 현재는 미래와 연결되어 있고 현재는 과거의 결과다.

내가 연구원 보조원으로 일할 때 서울대학교 전자공학과 박사과정 학생 한 분이 학위 논문을 위해 회사의 도움을 받고자 했다. 설계된 도면을 공정으로 보내기 위해 레티클(Reticle, 반도체 회로의 패턴 과정에 쓰이는 마스킹판)을 제작해야 하는데 그 작업을 도와달라고 했다.

"네. 제가 할게요!"

나는 최대한 성의껏 꼼꼼하게 완성해서 주었고 그분도 아주 만족스러워했다. 몇 달 뒤 그 학생은 순조롭게 박사학위를 취득하고 우리 옆 부서로 입사했다. 직급은 부장이었다. 그렇게 조금 도움을 드린 것을 계기로 나는 부장님과 꽤 친해질 수 있었다. 점심식사 후에는 커피도 함께 마시고 박사과정과 새로 맡게 된 업무 이야기, 소니 같은 일본 회사와 경쟁하는 이야기 등 개인적인 이야기도 많이 들었다. 그 덕분에 반도체 연구원이 세계의 회사들과 경쟁하면서 어떤 일을 하는지 구체적으로 알 수 있었다.

사내대학에 가서 수학 공부 때문에 코피를 쏟을 때 불현듯 그 부장님 생각이 났다. 서울대학교 수학과 출신이니 누구보다 훌륭한 과외교사가 되어줄 수 있었다. 하지만 팀장에다가 그렇게 바쁜데 과연 나를 위해 시간을 내줄 것인지가 문제였다. 며칠 고민하다가 그냥 부딪쳐 보기로 했다. 책을 싸들고 그분 자리로 갔다.

"부장님, 저 좀 도와주세요. 저 좀 가르쳐주세요."

"미스 양, 무슨 일이지요? 여기 앉아 봐요."

나는 앉자마자 둑이 터진 듯 몇십 초 만에 그간의 사연을 부장님 앞에서 모두 털어놓았다. 부장님은 심각한 표정이 되어 한동안 말이 없었다.

"그런 어려움이 있었는지는 몰랐네. 시간이 언제 되나요? 나는 근무시작 전, 아침 일찍 보는 게 좋은데."

"네?"

"수학 공부, 내가 도와줄게요."

"아, 부장님, 정말 감사합니다!"

며칠 동안의 걱정이 무색할 만큼 부장님은 흔쾌히 도와주겠다고 하셨다. 바로 다음 날부터 근무 시작 전 이른 아침과 점심시간에 부장님은 수학을 가르쳐주셨고 나는 1분이라도 놓칠세라 부장님이 가르쳐주는 것들을 받아들였다. 부장님은 수학뿐 아니라 물리, 화학도 잘 아셨기에 나는 최대한 그분에게 많은 것을 배우기로 했다. 새벽에 부장님 방에 들러 예습하고 저녁에 사내대학 강의를 들은 뒤, 다음 날 점심때는 강의 내용을 복습하는 식으로 공부했다. 그분도 나를 가르치는 것을 재미있어 하셨다.

"기초가 없는 사람을 가르쳐서 발전하는 걸 보니까 나도 재미있네요."

그분이 볼 때 나는 완전한 백지나 마찬가지였다. 보조원으로 일했지만 문과 여상 출신에 공학은 전혀 모르는 나를 가르치는 것은 백지 위에 그림을 그리는 것처럼 처음부터 하나하나 해야하는 일이었다. 그래서 재미있다고 하셨다.

부장님은 양손잡이셨는데 종종 화이트보드에 양손으로 각기 다른 문제풀이 방법을 동시에 적어서 보여주곤 했다. 그런 모습이 너무나 신기하고 부장님이 천재처럼 보였다. 당시 부장님은 일본 소니와 기술경쟁을 하는 이미지 센서 개발 파트 팀장이었고 맡은 일로 몹시 바빴는데도 나를 위해 따로 시간을 내주셨다.

당시 우리는 회사 바로 옆에 있는 아파트에서 살았는데 부장님 댁도 우리 집 근처라 공부가 막힐 때는 종종 댁으로 찾아가 배우곤 했다. 그분이 다른 곳으로 이사를 가셨을 때는 우리도 따라서 같은 아파트로 이사했다. 나는 거의 그분 수제자라 할 정도로 열성적으로 배웠다.

사내대학 시절 양향자를 살게 해준 그 부장님은 몇 년 뒤 퇴사하고 대학으로 가서 교수가 되셨다. 수학과 반도체 분야의 유명한 교수님. 나중에는 수학교수 자격으로 삼성 사내대학에 돌아와 강의도 하셨다. 현재 세종대학교 수학과에 계시는 박상식 교수님이 바로 그분이다.

사내대학 삼수생 양향자를 가르치고 이끌어주신 박상식 교수님. 같은 질문을 아무리 자주 해도 귀찮은 내색 한 번 하지 않고 가르쳐주신 너그럽고 고마운 박상식 교수님은 어려울 때 손을 잡아준 고마운 분, 서로 영향을 주고받으며 성장한 소중한 인연이다. 지금도 가끔 교수님에게 연락드리고 뵙기도 한다. 만날 때마다 교수님이 하시는 말씀이 있다.

"저는 양향자 씨가 어디까지 성장하고 앞으로 어떤 일을 하게 될지 궁금합니다."

비바 라 비다!

기숙사와 회사를 오가는 일상은 단조롭기 그지없었다. 아침에 출근해 회사에서 일하고 세 끼 식사를 모두 구내 식당에서 해결한 뒤 기숙사로 퇴근해서 동료들과 함께 잠드는 생활. 일본어 공부와 공학 기초 공부에 매달리느라 외출 한 번 제대로 못하는 형편에 갑갑함은 커져갔다. 연구원이 되기 위한 단 하나의 길, 공부에 매달리면서도 바깥세상에 대한 궁금증과 막막함 또한 가슴속에 끓어올랐다.

'이렇게 한다고 내 상황이 달라질 수 있을까?'

그때 내 앞에 나타난 사람이 비바다. 나는 아침이면 가장 먼저 출근해 컴퓨터실(그때 우리는 '카르마실'이라고 불렀다)에 앉아서 일했다. 200명이 넘는 직원에게 배정된 컴퓨터는 딱 8대. 당연히 카르마실에 입실하기 위한 경쟁도 치열했는데 어느 날은 특별히 컴퓨터 한 대를 비워놓으라는 지시가 내려왔다.

컴퓨터 한 대를 비워놓고 모두 궁금해할 때 다른 부서 직원들의 안내를 받으며 한 여성이 우리 사무실로 걸어 들어왔다. 또각또각 하이힐 소리를 내며. 호리호리한 체격에 빨간색 반코트를 입은 눈동자가 푸른 사람.

'와, 멋지다.'

나는 속으로 감탄했다. 그녀는 인텔(Intel) 출신으로 삼성 미국법인의 소규모 집적회로(SSI, Small Scale Integration)에서 일하는 미국인 연구원 비바(Viva)였다. 그녀는 본사 초청으로 기술을 이전하기 위해 2주 정도 한국에 머무르고 있었다. 비바는 회사의 배려로 신라호텔에서 숙식했으며 아침이면 기사가 딸린 검은색 세단을 타고 기흥으로 출근했다.

비바는 나보다 스무 살쯤 많았지만 나이 들었다기보다는 원숙하고 세련된 느낌이었다. 그녀의 세련미에는 개성 있는 복장도 한몫했는데 비바는 한눈에도 화려해 보이는 멋쟁이였다. 당시 기흥의 우리 직원들은 남자는 회색, 여자는 파란색 유니폼을 입고 근무했다. 우리 직원들은 모두 검은머리에 어두운 색 유니폼을 입어 비슷비슷한 모습이었는데 비바는 매일 다른 옷을 차려입고 다녔으므로 눈에 확 띄었다. 그녀는 기흥공장의 이방인으로 충격과 센세이션 자체였다.

어느 대기업이나 그랬겠지만 당시 기흥공장에도 여성 직원은 아주 적었다. 전 직원 중 80% 이상이 남성이었고, 나이가 들고 직급이 높아질수록 여성 직원 수는 더욱 줄어갔다. 그래서 회사의 시스템도, 모든 시설도 남성 위주였다. 여자화장실은 건물 뒤로 멀리 돌아가야 했지만 남성 화장실은 곳곳에 있었고 흡연공간도, 휴게실도 남성들 공간이었다.

특히 당시 여성이 담배를 피운다는 것은 거의 스캔들에 가까운 큰일이었다. 하지만 비바는 달랐다. 회사에 온 첫날부터 남자 직원들과 태연히 담배를 피웠다. 비바가 손톱에 매니큐어가 칠해진 창백한 손가락으로 담배를 집어 물 때, 주변에 있던 직원들의 반응이라니. 흠칫 놀라면서도 태연한 척하느라 애를 쓰는 남자 직원들을 보며 나는 내심 통쾌했다.

'뭐야, 대학 나온 엘리트라더니 다들 촌놈이구만.'

나는 비바가 우리 회사를 휘젓고 다니며 사람들에게 충격을 주는 모습을 내심 즐겼고 그녀가 하는 일을 유심히 지켜봤다. 비바의 일은 나와 같은 반도체 도면을 레이아웃하는 것이었다. 첨단기술의 최전선에서 온 그녀는 숙련공답게 복잡한 도면도 척척 완성했다. 회사의 모든 사람이 그녀의 업무를 배우고자 했고 그런 만큼 존중받았다. 나와 같은 일을 하지만 최상의 대우를 받는 그녀는 신분이 다른 사람 같았다.

그렇게 며칠 비바를 지켜보던 어느 날, 화장실에서 만난 비바가 나에게 불쑥 담배를 권했다.

"아…… 나는 담배를 안 피우는데."

깜짝 놀란 나는 짧은 영어로 사양했다. 겨우 말문이 트인 우리는 이런저런 대화를 나누었고 나는 비바가 하는 일에 대해, 특히 미국에서 하는 일에 대해 질문을 많이 했다.

"비바, 참 멋져요. 하는 일도 멋지고 태도도 멋져요."

비바도 웃으면서 언제나 가장 먼저 출근해 열심히 일하는 내가 인상적이라고 말했다. 이후 비바가 우리 회사에 있는 동안 우리는 단짝이 되어 매일 함께 일했다. 말이 잘 통하지는 않았지만 손짓과 표정으로, 그리고 일을 주제로 꽤 많은 수다를 떨었다. 비바는 도면을 그리는 과정을 내가 처음부터 볼 수 있게 해주었고 나는 한시라도 놓칠세라 그녀가 하는 작업을 죄다 적고 눈에 담았다. 고졸 보조원으로서 연구원이 되려고 노력 중이라는 내 말을 들은 어느 날, 비바가 말했다.

"향자가 하는 일은 우리 산업에서 매우 중요한 일이에요. 미국에서는 매우 높은 급여는 물론 사회적으로도 존중받는 전문가의 일이라 나이 40, 50이 넘어도 할 수 있어요. 우리 일이 정말 대단한 일이라는 걸 잊지 말아요."

그러고는 덧붙였다.

"열심히 공부해서 언젠가는 미국으로 와요. 향자는 이 업계에서 나보다 더 대접받게 될 거야."

비바의 말에 나는 가슴이 쿵쿵 뛰었다. 한 번도 가보지 못한 새로운 세계와 가능성이 내 눈앞에 열리는 듯했다. 미국은커녕 제주도도 가보지 못했는데 내가 하는 일이 첨단기술의 나라인 미국에서도 인정받을 수 있는 중요한 일이라니. 입사 4년을 넘기며 쳇바퀴 돌듯 단조롭고 강도 높은 업무에 지쳐 있던 내 삶에 작은 파도가 일어나는 순간이었다. 도면을 그리는 나를 보고 '네 일은 초등학생도 할 수 있는 일이야'라며 멸시하던 선배의 한마디에 상처받았던 나는 사라지고 '첨단기술에서 아주 중요한 일, 대단한 일을 하는 나'로 다시 자부심을 갖기로 했다.

비바는 예정된 기술 이전 일정을 모두 마치고 미국으로 돌아갔다. 짧은 기간이었지만 큰 격려를 받고 단짝처럼 지냈기에 그녀가 떠나는 것이 아쉽고 슬펐다. 비바도 아쉬워하며 언젠가는 꼭 다시 만나자고 다짐했다.

한참 뒤 미국에서 비바를 만난 선배들이 소식을 전해왔다.

"비바가 네 칭찬을 많이 하더라. 성실하고 긍정적인 친구를 사귀었다고."

'아, 비바가 나를 잊지 않았구나!'

고맙고 반가웠다. 지금이라면 당장 휴대전화로 전화를 걸겠지만 당시에는 국제전화가 너무도 비쌌다. 고마움과 추억을 마음에만 담을 수밖에 없었다.

한참 뒤에 회사 기숙사로 국제소포가 날아왔다. 비바에게서 온 편지와 선물이었다. 당시 귀했던 파카(Parker) 브랜드의 반짝이는 볼펜과 함께 비바가 직접 쓴 편지가 들어 있었다.

"향자, 일 열심히 하고 공부도 열심히 해.
그리고 반드시 이 분야에서 프로페셔널이 되길 바라."

먼 곳에서 온 여인 비바. 비바와 짧은 만남은 타성에 젖어 있던 나를 움직였고 연구원이 되고 싶다는 막연하지만 절박했던 내 꿈을 구체적으로 그릴 수 있게 해주었다. 비바는 내가 중요한 일을 하는 사람이라는 자긍심을 갖게 해주었고 대학교와 대학원에 진학하도록 용기를 주었다.

그 뒤로 나는 비바가 선물로 준 볼펜을 손에 쥐고 많은 시간을 보냈다. 사내대학 원서를 쓰고 밤을 새워 공부할 때도 그 볼펜이 늘 함께했다. 힘들고 지쳐서 그만두고 싶은 마음이 일어날 때마다 볼펜과 비바의 말들을 생각했다.

너 참 물건이네!

어떤 시기에 누구를 만나느냐가 사람의 일생에서 참 중요하다. 스스로 노력도, 열정도 필요하지만 '어떤 시기에 누구를 만나 어떤 영향을 받고 발전할 것인가'는 다음 단계로 발전하려는 사람에게는 결정적으로 중요하다. 입사 4년 차, 고민 많던 시기에 미국에서 온 비바를 만난 것도 나에게는 중요한 사건이었고, 그 뒤로도 나는 좋은 인연을 계속 만나 자극을 받고 도움을 주고받으며 성장할 수 있었다.

그중 한 분이 나를 회의실에 들어오게 해주신 임형규 차장님이다. 처음에는 임형규 차장님도 나의 존재 자체를 몰랐다. 이는 사실 당연한 일이다. 같은 회사 한 사무실에서 일하지만 그분과 나의 거리는 서울과 광주만큼, 아니 그분과 나의 학력 차이만큼

치열하게 살았지만 그만큼 후회도 없었던 삼성 시절

이나 까마득히 멀었다. 임 차장님이 볼 때 나는 회사 안의 수많은
연구원 보조 가운데 한 명이었고 일을 가르쳐줄 대상도 아니었
다. 나로서는 그분이 말도 붙이기 어려운 아주 높은 분이었다. 미
국에서 박사학위를 받고 귀국한 지 얼마 안 된 임 차장님은 해외
협력을 맡으며 우리 회사 최고 엘리트로 촉망받았다.

그런데 연구원 보조 주제에 내가 당돌하게 책상을 달라고 항
의했고 그 사건을 기점으로 임 차장님이 나라는 존재를 조금씩
알기 시작했다. 나중에 들으니 '충격을 받았다'고 하셨다. 임 차
장님은 그때부터 나를 '당돌하고 의욕 넘치는 애'로 생각하고 관

심을 가졌다고 한다. 도면을 그리고 있으면 옆에 서서 잘못된 부분을 가르쳐주기도 했고 회의실에 미처 들어가지 못하고 우물쭈물하면 손짓으로 들어오라고 챙겨주고 자리를 내주시기도 했다.

'적어도 투명인간 취급은 하지 않는구나.'

의자사건 이후 당돌한 애로 찍혔을까 봐 걱정했는데 종종 말이라도 걸어주시니 내가 아주 밉보인 것은 아니구나 싶었다.

임형규 차장님은 외국의 연구자들, 교수들과 자주 서신을 주고받았다. 외국에서 출간되는 책이나 논문은 물론 한창 신기술을 발전시키고 있는 외국 연구자들과 바로 소통할 수 있다는 건 임차장님의 큰 능력이었다. 임 차장님 책상에는 영문으로 된 두꺼운 책과 직접 쓴 메모, 읽어야 할 영문 편지들이 쌓여 있었다.

하루는 임 차장님이 종이에 급히 무언가를 휘갈겨 쓰고 갑자기 자리에서 일어났다. 급한 연락을 받았는지 차장님은 윗옷을 팔에 걸친 채 메모를 책상에 던져놓고는 이렇게 외치고 나가버렸다.

"누가 이거 정리 좀 해줘!"

모두 눈이 휘둥그레진 채 임 차장님 책상을 바라봤다. 정리 안 된 책상에 쌓여 있는 책과 메모들, 그 위에 방금 적어놓고 나간 편지지가 한 장 놓여 있었다. 전부 영어로 된 메모였다.

'이걸 어떻게 하라는 걸까?'

평소 임 차장님이 하던 대로라면 이 메모를 편지형식으로 타이평해 정리해달라는 말이었을 것이다. 당시는 개인컴퓨터도, 인터넷도, 이메일도 없었다. 외국과의 서신도 국제우편으로만 주고받을 수 있었다. 한 30분 동안 임 차장님 책상을 바라보았지만 아무도 나서는 사람이 없었다. 기다리다 지친 나는 누가 볼세라 가만히 일어나 임 차장님 책상으로 가서 메모를 집어 들었다. 나는 광주여상에서 타자와 주산, 부기 등을 배웠다. 타자는 항상 1등이었고 영어 타이핑도 제법 빨랐다. 메모를 읽어보니 다 알아볼 순 없었지만 아주 못할 일은 아닌 것 같았다.

급하게 휘갈겨 쓴 차장님 메모를 내 식으로 베껴 쓴 다음 영어사전을 옆에 두고 하나하나 단어를 찾아서 다시 적었다. 사전을 봐도, 문맥을 따져봐도 알 수 없는 말은 다른 부서 선배들에게 물어물어 알아냈다. 그래도 전부를 이해할 순 없었지만 순서는 맞춘 셈이었다. 그렇게 코끼리 다리 만지듯 겨우겨우 전체 뜻을 파악한 다음 여상에서 배운 편지양식으로 다시 만들었고, 타자로친 편지 한 장을 완성해서 차장님 책상에 놓았다.

'내가 괜한 짓을 한 건 아니겠지?'

보조원이 주제넘은 일을 한 건 아닌지 뒤늦은 걱정이 밀려왔다. 선배들이 어떻게 생각할지도 걱정되었다. 편지를 곱게 펴서 엎어놓은 다음 내 자리로 돌아왔다.

한참 지나 사무실로 돌아온 임 차장님이 윗옷도 벗기 전에 책상 위에 놓인 편지를 집어 들고 읽더니 큰소리로 외치셨다.

"이거 누꼬?"

아무도 대답하는 사람 없이 모두 나만 바라보았다. '이거 누구야?'라는 말이 꾸짖는 것인지, 아니면 물어보는 것인지 알 수 없어 어리둥절한 표정으로 서 있는 나를 보고 어찌된 상황인지 알아챈 임 차장님이 말했다.

"양향자? 이 친구 물건이네! 잘했어!"

입사 몇 년 만에 처음 내 이름으로 불리며 듣는 칭찬이었다. '양향자! 물건이네!' '양향자! 물건이네!' 얼마나 기뻤는지 임 차장님도 웃고 나도 웃었다. 그동안 '미스 양', '보조', '고졸'로 불리던 내가 내 이름 석 자인 '양향자'로 불리며 우리 회사 최고 실력자 선배에게 작게나마 인정받은 순간이었다. 그 뒤로 '초등학생도 할 수 있는 일'이라며 보조들을 무시하던 선배들도, '보조 주제에 유난스럽게 군다'며 뒷말하던 선배들도 내 앞에서는 대놓고 뭐라고 하지 않았다.

'양향자 물건이네!' 임형규 차장님의 그 한마디가 나를 다시 깨웠다. 연구원이 되고 싶어 계속 배우며 팀원으로 인정받고 싶어 하던 '보조원 미스 양'을 메모리 설계팀 팀원으로 확 끌어당겨주었다. 함께하고는 있지만 섞이지 못하고 동경하기만 하던 그 세계가 내 세계가 되는 순간이었다.

'이제는 이 말을 붙들고 살아갈 거야. 양향자! 물건이네!'

그 뒤로 힘든 일이 있을 때마다 임 차장님의 그 말씀을 떠올리며 힘을 냈다.

'괜찮아, 할 수 있어. 나는 물건이야! 임 차장님이 그렇게 말씀하셨잖아!'

그 한마디가 나에게 얼마나 힘이 되었는지 그분은 알고 계실까? 그 뒤로 임 차장님은 나를 챙겨주시며 조언도 많이 해주셨다. 도면을 그리거나 일본어, 영어 공부를 하는 나를 보고 특유의 무심한 거제도 말투로 격려해주셨다.

"열심히 해라. 꾸준히 실력을 쌓으면 부장도 될 수 있을 거야."

연구원 보조원이 부장이 된다? 말도 안 되는 일이었지만 나는 속으로 '저는 사장도 되고 싶은데요?'라고 반문하며 웃기만 했다.

임 차장님은 나에게 자기 업무를 거들도록 했다. 외국으로 보내는 서신을 정리하고 악필이던 그분 스타일을 파악해서 서식을 만드는 일을 하라고 하셨다. 한 번 칭찬을 받았으니 더욱 잘하고 싶었다. '얼마나 잘하나 보자'며 지켜보는 선배들의 시선도 의식해야 했다. 어느 날은 임 차장님이 시킨 대로 자료를 정리해드렸는데 뭔가 맞지 않았던 모양이다.

"양향자, 이리 앉아봐라. 니 이거 정말 아나? 세세하게 왜 이렇게 되는지 아나?"

그냥 보기에도 복잡한 공학 자료는 대충은 알았지만 자세하게
는 이해할 턱이 없었다. 잘 모르면서 어떻게든 해내려는 내가 안
타까우셨던지 임 차장님이 조금씩 공학 기초를 가르쳐주셨다.

"자, 봐라 니 이거 한 번 풀어봐라."

"……."

"모르겠나? 니는 모르는기 당연하다. 배워본 일이 없으니."

미국 대학 박사 출신의 부서장이 한낱 보조원을 가르치기 위
해 시간을 낸다는 것은 말도 안 되는 일이었다. 하지만 임 차장님
은 그 바쁜 와중에도 매일 조금씩 나에게 기초를 가르쳐주셨고
그 시간이 얼마나 귀한 줄 잘 알았던 나는 그분의 한마디 한마디
를 흡수해서 배우기 위해 정신을 바짝 차렸다. 조금씩 발전하는
나를 가르치는 것은 그분에게도 즐거운 일이었던 것 같다.

"이제 곧잘 하네? 재밌나? 그래, 반도체는 재밌는기다."

"오늘은 이까지 하자. 내일 또 하구마."

'내일 또!'

내일 또 가르쳐주신다니 나는 거의 90도로 인사하고 임 차장
님이 휘갈겨쓴 문제풀이를 들고 기숙사로 가서 또 공부를 했다.

그렇게 '미스 양! 양향자!'라고 부르며 공부를 가르쳐주시고
공학도의 꿈을 키워주신 임 차장님. 그 후 30년이 지났지만 임 차
장님은 아직도 나를 열아홉 살 여상 졸업생으로 대해주신다. 그

분을 만나면 나도 어린 시절로 돌아간 것 같고 힘든 시절과 추억이 동시에 떠올라 묘한 감정이 된다.

2013년 12월 5일, 입사 28년 만에 나는 임원으로 승진했다. 남들보다 1년이 빠른 '발탁승진'이었다. '고졸 출신 여성으로 최초'라면서 내 소식이 뉴스에도 나왔다. '학력과 성별을 넘어선 성공신화'라는 찬사도 들었다. 매체에서 인터뷰 요청도 이어졌다. 생전처음 받는 관심, 감사하고 과분한 찬사였다.

승진 발표가 나고 며칠 후 낯익은 반가운 이름이 휴대전화에 떠올랐다. '임형규 부사장님.' 임 차장님은 삼성반도체에서 승승장구를 거듭해 삼성전자 신사업팀장과 사장을 지내고 SK로 자리를 옮겨 ICT 기술, 성장 총괄 부회장을 맡고 계셨다.

"뉴스에 나온 그 양향자가 내가 아는 그 양향자야? 양향자 하면 떠오르는 에피소드가 있지. 1987년이었지, 아마. 김대중, 김영삼 두 후보가 경쟁하는 대통령 선거 전날 내가 팀원들한테 지지하는 대통령 후보를 종이쪽지에 각자 적어내라고 했어. 그리고 결과를 봤는데 딱 한 사람이 김대중이라고 쓴 거야. 내가 물었어. 이기 누구냐고. 한참 있다가 양향자가 벌떡 일어나더니 전데요. 왜요? 하는 거야. 와, 순간적으로 깜짝 놀랐어. 그리고 말했지. 그래 앉아라. 너 물건이다, 물건. 기억나나 니?"

전화기 넘어 껄껄 웃는 특유의 목소리에 나도 따라서 한참 웃었다. 며칠 후 부회장님을 다시 만났다. 나와 함께 일했던 선후배들과 함께 임형규 부회장님이 만든 축하 자리였다.

"코 찔찔 흘리던 양향자가 상무라네!"

그 자리에서도 1987년 대통령선거 때 에피소드를 재미나게 이야기하시며 "야가 물건이었어, 물건" 하셨다.

"자기도 자리 달라고 하던 보조원 양향자가 상무가 됐네. 어릴 때부터 좀 당돌하긴 했어."

나의 입사 초창기를 떠올리며 우리는 20여 년 전 젊은 시절로 돌아간 듯 한참 웃고 떠들었다. 건배를 제의하며 임 부회장님이 말씀하셨다.

"양향자, 축하한다. 지금까지 어떻게 살았을지 훤히 보인다."

나이와 지위 차이를 넘어 인간으로서, 일하는 사람으로서 서로 삶을 이해한다는 것은 이런 순간일 것이다. 그날, 돌아오는 차 안에서 나는 그동안 나를 붙잡았던 한마디를 떠올렸다.

"양향자! 물건이네!"

선비 같은 남자 최용배를 만나다

기숙사와 사무실, 공장을 오가는 회사생활. 얼핏 단조로워 보이지만 한숨 돌릴 틈도 없는 치열한 나날이었다. 새벽에 눈을 뜨면 대충 로션을 바르고 유니폼을 차려입고 사무실로 출근한다. 출근하자마자 선배들이 시킨 일을 했는데 일의 종류는 다양하고 사람에 따라 요구사항이 끝이 없을 때가 있었다. 정해진 근무시간이 있었지만 그런 것은 게시판에 붙어 있는 구호 같은 것일 뿐 일이 끝나야 근무가 끝났다.

주말에는 동기들이 수원역 등으로 외출을 나가기도 했다. 외출을 갔다 오면 새로 생긴 카페 이야기, 화장품이나 쇼핑 이야기 등 재미있는 이야깃거리가 많았다. 나도 나가보고 싶었고 여유 있는 친구들이 좋아보였지만 여가를 즐길 마음의 여유가 없었다. 그

때문에 동기들로부터 '악착스러운 애'로 불리며 조금은 따돌림을 당하기도 했지만 어쩔 수 없었다.

낮부터 저녁까지는 일하고 밤에는 공부하니 돈 쓸 시간도 없었다. 첫 월급은 10만 원 정도였다. 내 생활필수품을 사는 데 꼭 필요한 약간을 제외하고 다 저축했다. 하지만 집에 큰일이 있을 때는 월급을 거의 보냈다. 남동생 대학등록금도 보탰다.

일하고 공부하다보니 돈 쓸 일도, 쓸 시간도 없는 것이 어찌나 다행스럽던지. 그 또래 여자들처럼 옷도 사 입고 화장도 하고 싶었지만 내 일상에서는 어림없는 일이었다. 기숙사 내 책상에는 공학, 반도체, 일본어 책들만 가득했고 화장품이라고는 베이비로션 하나와 큰 도끼빗이 전부였다.

쳇바퀴처럼 돌아가는 일상에서 집에 돈을 보내고 저축을 하며 배우고 싶고 성장하고 싶은 꿈으로 끓어오르던 그때 최용배 씨를 만났다. 나는 입사 4년 차 고졸 연구원 보조였고 최용배 씨는 나보다 네 살 많은 대졸 연구원이었다. 우리는 반도체 설계팀 야유회에서 처음 만났다.

나는 둘째 날 진행된 공연 행사에 컨디션이 좋지 않아 참석하지 못했고, 최용배 씨도 전날 마신 술로 숙취에 시달려 행사장에 들어가지 않고 주위를 배회했다. 그러다가 나와 우연히 마주쳤다. 지금 생각하면 '정말 우연이었을까?' 싶지만 말이다. 그와 함께 있던 친구가 먼저 말을 걸어왔다.

"미스 양, 탁구 한 게임 할까요?"

그렇게 친 '탁구 한 게임'이 우리의 첫 만남이었다. 나중에 알고 보니 최용배 연구원은 전부터 나에게 관심을 갖고 내 동료들에게 물어보고 다녔다고 한다. 그러던 중 야유회에서 만나게 되어 운명인 듯 여겨졌더란다. 나는 그때 탁구를 치며 최용배 씨를 처음으로 제대로 봤다. 첫인상은 나쁘지 않았다. 멀끔한 용모에 키도 크고 '학자 타입으로 잘생겼다'고 생각했다. 나중에 그가 나에게 관심을 갖고 있었다는 말을 듣고는 내심 놀랐다.

'저렇게 멋진 사람이 나를?'

야유회가 끝난 뒤 최용배 씨가 다시 만나자고 연락했는데 이번에는 조금 긴장을 하고 나갔다. 긴장했다고 해봐야 베이비로션을 바르고 머리만 빗고 나간 것이었지만. 그래도 오랜만의 외출이었다. 그것도 두 번째 만나는 남자를 보러. 어색한 시간이 지나고 차를 한잔 마시는데 최용배 씨가 불쑥 말을 꺼냈다.

"양향자 씨, 향자 씨를 제 아내로 맞이하겠습니다!"

"네!?"

기가 막혔다. 당황스러웠고 기분이 약간 나쁘기도 했다. 우리는 그때 겨우 두 번째 얼굴을 보는 것이었다.

'이 사람이 나를 얼마나 안다고 이러지?'

야유회에서 같이 탁구를 친 뒤, 그가 나에게 먼저 호감을 갖고 있었다는 사실을 알게 되면서 '좀 지켜보자'고 생각했는데 큰 맘 먹고 나간 두 번째 만남에서 불쑥 결혼하자는 말을 하니 대체 무슨 생각인지, 나를 놀리는 게 아닌지 의심이 되었다.

나는 미심쩍었지만 싫지는 않았던 모양이다. 그 뒤 회사 안에서 '우연히' 마주치는 일이 늘어갔고 그렇게 우리는 연인이 되었다. 우리는 근무를 마친 뒤 야식으로 떡라면을 먹으면서 데이트를 했다. 배우고 싶어 안달이 났던 나에게 최용배 씨는 공학과 수학을 가르쳐주었고 그 핑계로 함께 있는 시간이 늘어갔다. 최용배 씨는 알고 보니 꽤 괜찮은 선배이자 다정한 남자친구였다.

남편은 두 가지만 봤다고 했다. 첫째 돈이 많지 않을 것, 둘째 눈(시력)이 좋을 것. 첫 번째 이유는 그리 넉넉하지 않은 자기 형편 때문이었고 두 번째 이유는 시력이 좋지 않은 자기 유전자의 한계를 극복하고 싶었기 때문이라고 했다.

"그 두 가지 조건에 향자 씨가 딱 맞습니다."

"아니, 그럼 용배 씨는 내가 좋은 점이 그것뿐이란 말이에요?"

"아, 아닙니다. 그렇다는 건 아니고요."

"됐어요!"

그게 무뚝뚝한 경상도 남자의 표현법이었을까? 나중에 그는 내가 '얼굴이 동글동글한 귀염상인데다 회사 일도 똑 부러지게 잘해서 반했다'며 싹싹 빌었다.

우리는 6개월 연애하고 결혼했다. 두 사람은 여러 가지로 달랐다. 고향이 나는 전라도, 그는 경상도였다. 나는 고졸이고 그는 대졸이었으며, 나는 연구원 보조원이었고 그는 연구원이었다. 나는 오지랖이 넓고 외향적이었지만 남편은 신중하고 차분한 성격이었다. 서로 많이 다르고 형편도 차이가 났지만 시부모님은 아들이 좋아하는 여자를 받아들이셨다. 아들이 대졸에 삼성반도체 연구원이었으니 조건이 더 좋은 며느리를 바랄 수도 있었을 텐데 시부모님은 그런 허울이 없는 현명한 분들이셨다. 나를 처음 본 시어머님이 남편에게 이렇게 말하셨단다.

"그 아이 얼굴에 밥이 붙었더라. 굶고 살진 않겠다."

그렇게 우리는 부부가 되었다.

"여자가 궁극적으로 원하는 남자는 너그러운 남자다."

누가 한 말인지도 모르지만 어디선가 들었는데 생각할수록 맞는 말 같다. 너그러운 남자. 내 남편 최용배 씨가 바로 나에게 그런 남자이자 그런 남편이다. 아직도 가부장적 인식이 많이 남아 있는 한국 사회에서는 결혼하면 대체로 여자가, 아내가 인내할 부분이 많다고들 하는데 우리는 남편이 더 많이 인내했다. 30년 동안 남편은 나의 많은 부분을 용납하고 감싸주었다.

"엄마는 왜 못 와?"

늘 내 편이 되어주는 든든한 남편과 결혼하던 날

"어미는 아직 안 온다니?"

나는 항상 '집에 없는 엄마', '바쁜 엄마'였다. 아이들과 시어머니가 수천 번은 물었을 이런 물음에 남편을 늘 내 편이 되어 이해해주고 또 이해시켜주었다. 아이를 낳자마자 사내대학 원서를 낼 때도, 밤을 새워 공부하느라 코피를 쏟고 매일같이 야근할 때도 남편은 배우고 싶어 하고 상승하고 싶어 하는 내 마음과 열정을 이해해주었고 계속 노력할 수 있도록 든든한 지지자가 되었다.

이 땅에서 여성이, 회사 일과 가정을 동시에 잘하는 것은 언제나 가능할까. 1980년대 중반에 회사생활을 시작해 결혼해서 두 아이를 낳고 시부모님과 사는 동안 나는 결코 아이들을 잘 챙기는 엄마도, 시부모님을 잘 모시는 며느리도 될 수 없었다. 그런 슈퍼우먼은 현실에서 가능하지 않았고 회사는 내가 선택한 길이었다.

큰아이 수민이가 태어났을 때도 그랬다. 너무도 귀한 우리 딸 수민이. 하지만 나는 한 달여 만에 출근해야 했다. 출산휴가 개념이 없던 때였고 아이를 맡길 데도 없었다. 당시 회사에는 젖먹이 엄마를 위한 어떤 배려도 보육시설도 없었다. 나는 아기를 안고 출근해 경비실에 맡겨놓고 일하다가 짬을 내서 아기에게 젖을 먹였다. 뭐가 좋은지 경비실에 누워 있다가 엄마를 보면 배냇짓을 하며 웃던 우리 수민이. 며칠을 그렇게 아이를 데리고 회사에 출근했는데 말이 나왔다. 그런 사정을 봐줄 수 없다고 했다.

결국 남편과 상의한 끝에 부산 시댁에 맡기기로 했다. 겨우 두 달된 젖먹이를 시어머님에게 맡기고 올라오는 무궁화호 열차 안에서 얼마나 울었는지 모른다. 보고 싶고 만지고 싶은 우리 아기. 그 뒤로도 온갖 일이 있었다. 할머니 집에서 덜 식은 주전자 물을 뒤집어쓰고 전신화상을 입어 온몸에 붕대를 감았던 수민이, 아이를 잃어버리고 몸져누웠던 어머니…….

보통 남자 같았으면 '무슨 대단한 일을 한다고 애를 맡기고 이 고생이냐'라고 하면서 회사를 그만두라고 했을지도 모른다. 하지만 남편은 그런 상황에서 단 한 번도 나에게 책임을 돌리거나 화를 내지 않았다. 오히려 엉엉 우는 나를 안고 위로해줬다.

어찌 보면 나는 아이들에게 원망 듣는 엄마, 불효하는 며느리가 될 수도 있었지만 내 모든 것을 알아주고 이해해주는 남편이 있었기에 낙제는 면할 수 있었다. 돌아보면 남편에게는 거듭 고마운 일들뿐이다. 눈물겹게 감사한 일들뿐이다.

'선비.'

결혼한 뒤 내가 지어준 남편의 별명이다. 책 읽는 것을 좋아하고 난초와 같은 식물 키우기에 행복해하는 남편. 게다가 성격도 딱 선비처럼 엄격하고 고지식하다. 그는 횡단보도가 아닌 길은 절대 건너지 않고 아무리 급해도 교통신호를 칼같이 지키며 누군가 길에 떨어뜨린 돈도 줍지 못하게 하는 원칙주의자다. 아이들도 그렇게 가르쳤다. 아이들이 어릴 때, 무심코 길에 쓰레기를 흘리면 크게 혼을 냈다. 그래서 밖에서 놀다 오는 두 아이 주머니에서는 늘 과자봉지와 쓰레기가 한 움큼씩 나왔다.

남편은 유난히 편법과 반칙을 싫어한다. 정치에 입문한 뒤에도 아내를 안타깝게 바라보며 '빠른 길보다는 바른 길'을 가라고 일깨워주는 남편. 살면서 좋은 인연을 많이 만난 나는 참 복이 많은 사람이다. 그중 남편을 만난 것이 가장 큰 복이랄까.

책을 읽고 식물을 키우며 아내와 함께 여행도 하고 산책도 하며 조용히 여유롭게 살고자 했던 남편. 나서기를 원치 않고 이름이 알려지는 것도 마다하는 성격인 그는 갑자기 유명해진 아내 때문에 원치 않는 유명세를 치를 때가 많아졌다.

"회사는 왜 나와? 집에서 쉬지."

자기보다 빨리 승진한 나 때문에 짓궂은 놀림도 받았다. 그런 그가 지난 4·13 총선 때 어깨띠를 두르고 광주시내로 나선 것은 정말 큰 결심, 큰 변화였다. 남편의 반대를 무릅쓰고 정치권에 나온 터라 선거지원까지는 기대하지도 않았다. 너무 미안해서 일부러 부탁하지도 않았다. 그런데도 남편이 먼저 어깨띠를 두르고 명함을 들고 광주로 왔다. 그러나 처음 만나는 시민들이 좋은 말만 할 리 없었다. 게다가 당시 우리 당에 대한 광주 민심은……

"경상도 사투리 쓰는 놈이 광주에는 왜 왔어?"

"각시 따라다니는 팔불출 같은 놈."

무시와 핀잔이 가시처럼 박혔다. 그런 소리를 들으며 하루를 마치고 돌아온 남편은 먼저 내 어깨를 두드려주고 쓰러지듯이 누웠다.

그의 노력에도 불구하고 나는 4·13 총선에서 낙선했다. 낙선의 충격보다는 호남을, 광주를 지키지 못했다는 아픔이 컸다. 시장에서, 노인정에서 만났던 사람들의 말이 떠오르면서 수시로 울컥 눈물이 치솟았다. 그 과정도 남편이 함께해주었다.

고마움과 미안함에 나는 남편에게 말했다.

"다음에 출마하게 되면 당신은 나서지 마."

"허참, 당연하지."

남편은 장난스럽게 대답했다. 한참 지나서 남편이 내 손을 꼭 잡으며 덧붙였다.

"다음에는 꼭 잘될 거야. 걱정하지 마."

참 고마운 사람, 내 모든 꿈과 바람을 가장 잘 이해하고 언제나 함께해주는 사람. 최용배 씨. 사랑합니다. 정말 고맙습니다.

남들의 한계점을 나의 출발점으로

도전하는 것, 새로운 일을 시작하는 것, 전례가 없는 일을 시작하고 어떤 일의 첫 번째 사례가 되는 것은 내가 좋아하는 일이다. 사실을 정확하게 말하면 '내가 좋아하는' 일이라기보다는 환경과 타고난 성격 때문에 그런 일을 할 수밖에 없게끔 만들어졌는지도 모른다.

세계적인 대기업에 입사한 고졸 여성. 시작은 고졸 연구원 보조원이었지만 연구원이 되고 싶어 몸부림쳤기 때문에 어디서든 소수자 취급을 받으며 화젯거리가 될 수밖에 없었다.

세 번의 도전과 결혼, 임신, 출산을 겪으며 우여곡절 끝에 나는 사내대학을 졸업했다. 입학할 때는 꼴찌였지만 수석으로 졸업을 했다.

"고졸 보조원이 대학 가서 뭐 하게?"

"애도 있다면서. 회사는 언제 그만둘 거야?"

"전례가 없는 일인데 너무 나서는 거 아니야?"

의구심이 담긴 숱한 말을 듣고 눈총을 받으며 시작한 사내대학 공부. 그것들을 이겨내고 따낸 대학 졸업장이었다. 새벽잠을 설쳐가며 책장을 넘겼고 주말에도 외출 한 번 하지 않고 공부에 매달렸다. 남보다 늦었으니 더 열심히 해야 한다는 생각밖에 없었고 좌절할 때도 있었지만 포기하지는 않았다. 첫딸 수민이를 낳자마자 시댁에 맡겨놓고 공부했던 나날. 부풀어 오른 가슴을 움켜쥐고 화장실에 가서 젖을 짜버리면서 우리 아기를 만져보고 싶고 안아보고 싶어 펑펑 울었던 시간. '어미 노릇도 못하며 내가 무엇을 얻으려는지' 진심으로 고민하고 회의했던 때도 있다. 이 졸업장으로 우리 아기한테 당당할 수 있을까? 너와 헤어져 있던 시간에 엄마는 이렇게 열심히 했다고?

힘들었던 순간과 도움을 주었던 분들 얼굴이 마치 영화처럼 눈앞을 스쳐 지나갔다. 빳빳한 졸업장에 굵은 눈물이 떨어졌다.

'고생했어, 양향자. 이제 시작이야'

사내대학을 졸업한 뒤 나는 반도체연구실 선임연구원으로 승진했다. 연구원 양향자가 된 것이다. 연구원의 한 사람으로 독자적인 업무 영역을 갖게 되었고 회의시간에도 당당하게 의견을 낼 수 있었다. 보람되고 뿌듯했다.

선임연구원 대리 시절, 우리 부서에 어려운 과제가 주어졌다. 반도체 에어리어를 줄이는 기술을 개발하는 일인데 번번이 실패해서 모두 주저했다. 당시 우리 S램 설계팀은 변현근 상무님이 팀장이었는데 그분은 투쟁심을 자극해서 팀원들에게 목표를 이루도록 독려하는 스타일이었다. 어느 날, 변 상무님이 기술 관련 자료를 가득 들고 나를 찾아왔다.

"이거 봐. 이거 그냥 접어야겠는데? 혹시 양은 되겠어?"

지난 자료를 살펴보니 안 될 것도 없겠다 싶었다. 무엇보다 다른 부서에서 여러 번 실패하고 폐기를 고려한다는 점이 내 마음을 끌었다. 아마 변 상무님도 이런 내 성격을 알고 제안하신 것일 터였다.

"제가 하겠습니다."

상무님이 알겠다는 듯 미소를 지었다. 상무님이 제안한 내용은 이랬다. '반도체 에어리어를 30% 줄이는 것이 목표였던 계획을 두 배로 잡고 60%를 줄여보자!' 나는 몇날 며칠 머리를 싸매고 연구에 몰두했다. 도면과 해외자료를 함께 펴놓고 외국의 기술 사례와 우리 회사의 기술 현황을 하나하나 비교했다. 그래도 60%는 무리였다.

"상무님, 50%밖에 줄이지 못했습니다."

며칠 뒤 죄송하다는 표정으로 결과보고서를 내미는 나를 보며 상무님이 껄껄 웃으셨다. 상무님이 제시한 목표치는 아니었지만 30%에 비하면 큰 성과였으니까. 상무님은 곧바로 연구원 회의를 소집해 그들 앞에서 이번 일의 결과를 내가 직접 발표하도록 했다. 보통 성과가 있으면 팀장급에서 결과를 발표하는데 상무님은 열심히 하는 팀원에게도 기회를 주는 분이었다.

"양향자 연구원이 나서서 해낸 일이야. 모두 아낌없는 박수를 쳐주자고!"

상무님은 모두가 있는 앞에서 내 노력을 칭찬해주셨다. 며칠 동안 밤샘 고생한 스트레스가 한번에 날아가는 순간이었다. 변 상무님은 그런 분이었다. 부하직원들에게 열심히 일할 동기를 부여해주고 투쟁심을 일으키며 일이 잘되었을 때는 그 성취와 칭찬을 직원에게 다 돌리는, 그러면서 본인은 뒷자리에 앉아서 박수 쳐주는 사람. 참으로 사람을 키울 줄 아는 리더요 좋은 상사라고 생각했다.

'언젠가 나도 상무가 되면, 더 큰 권한을 갖게 되면 꼭 상무님처럼 해야지.'

변 상무님의 뒷모습을 보며 나는 이렇게 다짐했다.

몇 해 지나 내가 수석연구원이 되고 변 상무님은 전무로 승진했다. 승진한 뒤에도 그분은 계속해서 나를 도전하게 만드는 '꺼리'를 던져주셨다. 아침이면 내 책상에 걸터앉아 이런저런 이야 기를 해주셨는데 다른 부서에서 추진하다가 벽에 부딪힌 사업이나 신기술 개발 이야기였다. 이심전심으로 나는 그분 이야기가 무슨 뜻인지 알아차렸고 일상적인 업무, 다 할 수 있는 쉬운 일 대신 어려운 기술개발에 도전하며 조금씩 내 영역을 넓혀갈 수 있었다. 물론 변 전무님이 제안하신 계획대로 모두 달성하지는 못했다. 하지만 그럴 때에도 그분은 한결같이 격려하고 다음을 기약하도록 힘을 주셨다.

"지금이 아니라도 때가 있겠지. 너무 완벽하려고 하지 마."

"당장 잘되지 않더라도 상대방이 미안해하면 성공이야."

새로운 사업과제를 추진하다가 잘되지 않을 때, 외국의 신기술 적용이 생각처럼 쉽지 않아 골치를 썩을 때, 변 전무님이 등 뒤에서 툭 던져주셨던 말씀이다.

특히 '잘되지 않더라도 상대방이 미안해하면 성공'이라는 말은 시간을 두고 곱씹어볼수록 참으로 맞는 얘기다. 당장 성공하지는 못하더라도 그 일을 함께한 사람들, 같이 일하는 동료들이 인정하고 미안해할 만큼 열정과 노력을 바쳤다면 반드시 다음 기회는 오고 성공할 확률은 높아지기 마련이다. 당시에도 참 좋은 말이라고 생각했지만 그 말의 의미를 정치에 들어와서 뼈저리게 절감하게 될 줄은 그때는 미처 몰랐다.

혁신하지 않으면 혁명당한다

 "혁신하지 않으면 혁명당한다."

정치에 들어오고 나서 들은 격언이다. 정치인이든 정당이든 스스로 변화하지 않으면 국민과 유권자에게 선택받지 못한다는 뜻일 게다. 그러나 특별한 각성 없이 관례와 타성을 저버리는 것은 불가능에 가까운 일이다. 오죽하면 '혁신이 혁명보다 어렵다'는 말이 있을까.

기업의 사정은 좀 더 절박하다. 오늘날 기업, 특히 삼성전자와 같은 첨단기술 기업에서 혁신은 선택이 아닌 생존을 위한 필수요건이다. 기술의 발전과 트렌드의 변화가 하루가 다른 이때에 시대를 체감하고 혁신하지 않으면 금방 시장에서 외면당하고 구시대의 유물이 되기 십상이다. 명분과 이념보다는 이익과 산업 트렌드에 따라 움직이는 것이 시장이기에 더욱 그럴 수밖에 없다. 한때 우리 기업들이 이상형으로 꼽으며 따라잡으려고 애썼던 일본과 유럽의 코닥, 노키아, 소니, 모토로라…… 혁신을 게을리하고 현재의 성공에 머물다가 소멸한 기업은 셀 수 없이 많다.

고졸 보조원 출신, 게다가 여성으로서 유리천장과 편견을 이기고 임원이 된 비결을 묻는 사람들이 많았다.

"양 상무님이 임원까지 오르신 비결은 뭔가요?"

남들이 모르는 나만의 그 무엇. 사실 비결 같은 것은 없었다. 그저 내 처지, 내 상황에서 최선을 다했을 뿐이다. 재미없는 대답이긴 하지만 세상살이에 큰 요령이나 비결이 없듯 글로벌 기업에서 임원이 되는데도 비결은 없다. 다만 나만의 특징으로 남들이 줄곧 인정해온 것 가운데 하나는 내가 '겁이 없다'는 것이다.

"미스 양은 참 겁도 없어."

"양 연구원은 겁도 없네."

"양 책임은 겁이 없는 것 같아."

그 뒤로도 '겁이 없다'는 말을 숱하게 들었다. 회사에서는 '양향자' 하면 '좀 튀는 애', '고졸인데 겁이 없는 애' 정도로 찍힌 것 같다. 연구원이 되고 나서는 한층 수월했다. 혼자 몸부림치지 않고 좋은 선배님들의 후원을 받아 업무적으로 겁 없는 짓을 많이 벌였다. 임형규 부사장님, 변현근 전무님 같은 분들은 겁 없는 양향자의 투쟁심을 더욱 일깨우고 그것을 일로, 기술혁신으로 발전시킬 수 있도록 도와주신 분들이다.

어려운 과제가 주어지면 누구나 위축되기 쉽다.

'내가 해봤자 되겠어? 나서지 말자.'

이렇게 생각하고 입을 다물게 된다. 하지만 나는 그럴 수 없었다. 천성이 오지랖이 넓고 적극적이기 때문이기도 했지만 나는 업무 앞에서 위축되는 사치스러운 생각을 할 여유가 없는 처지에 있었다. 고졸 출신으로 사내대학을 나와 겨우 연구원 명함을 달았다. 그러나 대졸 선배들과 동기들은 무시하기 일쑤였고 실력에 대한 의구심도 여전했다.

'고졸이 뭘 하겠어? 이름만 간신히 연구원이지.'

이런 말들이 휴게실에서, 화장실에서 얼굴 없는 목소리로 내 등 뒤에 박히는 날들이었기에 작은 프로젝트 하나라도 내 이름, 내 책임으로 주어진다면 마다할 이유가 없었다. 나도 당당한 연구원 양향자라고, 당신들보다 더 잘할 수 있다고 존재감을 드러내고 성과를 보여주려면 무엇이라도 맡아야 했다. 그렇게 주어지는 일들은 대부분 다른 부서에서 포기한 일이거나 장벽이 높아서 다들 기피하는 일들뿐이었지만 그런 일을 맡아 해냄으로써 얻는 성과는 더욱 컸다.

그리고 입사 16년 만에 책임연구원이 되었을 때 나는 회사 안에서 '혁신가' 소리를 들었다. 겁 없이 일에 덤볐고 한번 맡으면 어떻게든 해냈다. 모두 성공하지는 못했지만 노력하는 모습 자체가 성공이라고 믿었고, 실제로 상당한 성과를 냈기에 승진도 할 수 있었다. 입사 후부터 나를 아는 사람들은 '겁 없고 튀는 고졸'이 '혁신가'로 인정받는 과정을 지켜보았다.

그러나 이런 나도 겁이 나서, 용기가 없어서 나서지 못하고 방황한 적이 있다. 스스로 '여기가 한계인가보다' 싶어 주저앉고 싶었던 적도 있다. 그런 나를 흔들어 깨워준 분이 계시다. 바로 전영현 사장님이다.

2000년이었다. 밀레니엄의 기운으로 세계 산업계가 들떠 있었던 그때 나는 S램 설계팀 책임연구원으로 미국 샌프란시스코에서 열린 디자인 오토메이션 콘퍼런스(DAC, Design Automation Conference)에 참가한 뒤 그 결과를 바탕으로 기술혁신에 관한 발제를 했다. 발제가 있고 얼마 뒤 임원 한 분이 내게 찾아왔다.

"양 책임, 참 인상적인 발표였어요."

그는 LG에서 영입한, 당시 D램 설계팀 책임자 전영현 전무님이었다. 그것이 첫 만남이었다. 전 전무님은 본인이 맡은 D램 설계팀의 혁신방안을 물으셨고 나는 내가 할 수 있는 한 성의껏 답해드렸다.

다음 날 전영현 전무님은 SRAM팀에서 일하던 나를 불러 반도체설계혁신에 대해 여러 가지 질문을 하셨다. 나는 그동안 축적했던 경험과 노하우를 자세히 설명해드렸고 전무님은 그대로 적용해보겠다고 하셨다. 몇 달 후 대성공이라고 고맙다는 연락을 주셨다. 전무님의 결단과 실행이 대한민국 메모리반도체, 특히 DRAM의 역사가 새롭게 쓰이는 발판을 마련했다고 본다.

전영현 전무님께 특별히 감사한 것은 삼성전자기술대학을 졸업하고 SSIT대학원에서 청강을 하던 나에게 특별한 관심을 보이고, 일하며 공부하는 후배를 위해 지원을 아끼지 않으신 일이다.

얼마 후 DRAM/SRAM팀이 합쳐져 대팀제가 되면서 DRAM설계2팀을 담당하던 전무님은 DRAM설계팀장을 맡으셨다. 그때부터 혁신속도는 더 가속화되었고 나에게 떨어지는 미션도 가히 상상하기 어려울 정도였다. 그런 와중에도 힘들수록 힘이 생겨났고, 어려울수록 도전하고 싶은 용기가 생겼던 것은 나를 믿어주고 결과에 상관없이 과정을 칭찬해주시던 전영현 전무님이 계셨기에 가능한 일이었음을 시간이 한참 지난 뒤 깨달았다.

NVM, SRAM만 설계하던 내게 DRAM은 또 다른 도전이었다. 지금 생각해도 진저리가 나는 고생스러운 일이었다. 말 그대로 '죽을 뻔했다'는 표현이 딱 맞는 고행이었다. 나와 함께한 사원들도 고생하기는 마찬가지였다. 그러나 우리는 하나였고 함께 코피를 흘리며 밤새워 일한 엔지니어들의 객기와도 같은 순수한 노력이 지금의 반도체 강국을 만들었다는 자부심이 있다.

당시 우리 경쟁사는 일본의 '도시바'였다. 우리의 D램 메모리는 생산성이 도시바 제품의 절반 정도였지만 가격은 두 배 비쌌으며 에어리어도 두 배나 컸다. 그것을 줄여서 도시바 이상의 효율을 갖게 하는 일이 나에게 떨어진 것이다. 며칠이 지났을까, 화장실에서 세수를 하며 거울을 보니 생판 낯선 사람이 거울 안에 있었다. 내가 너무도 수척해진 몰골로 거기 있었다.

목표치의 50%쯤 도달했을 때 전영현 전무님이 중간발표를 하라고 지시했다. 나는 지친 몰골로 그동안 연구한 결과를 발표했다. 모두의 예상을 뛰어넘는 성과였고 연구원들이 웅성거리며 깜짝 놀라는 분위기였다. 하지만 이내 비판의 목소리가 여기저기서 터져 나왔다.

"그렇게 에어리어를 줄이면 반드시 특성적 문제가 생기겠지?"

"자동화가 어려운 방식이야."

"손이 너무 많이 들어가서 생산성이 낮아."

타당한 지적이었다. 궁지에 몰린 나는 간절한 눈빛으로 전 전무님을 바라봤다. 뭐라도 한마디 해주시기를 바라면서. 하지만 그분은 맨 뒷자리에 앉아서 그저 웃고만 있었다. '어디 한번 싸워봐'라는 표정으로. 기운이 쭉 빠지는 느낌이었다. 야속했다.

하지만 여기서 정신을 놓으면 나를 따라온 신입직원들을 볼

낯이 없었다. 정신을 차리고 반론에 나섰다. 그동안 갈고닦은 지식을 총동원해 연구원들끼리 진짜 승부를 걸었다. 반론 그리고 재반론이 이어지며 한창 연구원들과 핏발을 세우며 토론할 때 전 이사님이 박수를 치며 단상으로 걸어나왔다.

"자, 반론은 잘 들어봤고 일단 양향자 방식으로 진행해봅시다. 해산!"

나에게 힘을 실어주고 연구를 지속하게 해준다는 말씀이었지만 전혀 신나지도, 다행스럽지도 않았다. 중간보고 후 다시 내 방식으로 연구한다는 건, 여기서 제기된 무수한 반론을 무색하게 할 만큼 연구를 처음부터 다시 해야 한다는 뜻이었기 때문이다. 미세한 실수도, 수치상 작은 오류도, 어떤 흠도 용납할 수 없는 연구가 다시 시작되었다. 그때 처음으로 일이 무서워졌다. 실패할까 봐 겁이 났다. 만약 이 프로젝트가 엎어진다면? 내 가설이 틀렸다는 결과가 나오기라도 한다면? 고졸 연구원이 뭘 하겠냐며 비웃던 사람들의 먹잇감이 될 것이 뻔했다. 나를 믿고 연구를 맡긴 전 전무님이 실망하지 않게 해드리고 싶었다. 하지만 동시에 전무님이 원망스럽기도 했다.

'어쩌자고 나를 이 길로 몰아넣으셨을까?'

다시 꼬박 한 달을 밤을 새우며 연구했다. 그렇게 힘들게 일했는데도 나는 여태껏 한 번도 쓰러진 적이 없다. 그때는 너무 힘들

플래시메모리 학회에 참석해서

어서 '한 번 쓰러졌으면, 쓰러져서 병원에 가면 좀 잘 텐데'라고
생각했다. 강한 체력이 원망스러울 지경이었다.

그렇게 다시 연구에 뛰어든 지 한 달 만에 내 가설을 입증했고
목표한 대로 D램의 효율을 대폭 높이는 데 성공했다. 나의 성공
은 곧 전영현 전무님의 성공이기도 했다. 전 전무님은 그 성과를
바탕으로 플래시설계팀으로 자리를 옮겼다. 플래시설계팀 역시
당시 혁신이 지체되어 위기를 겪고 있었다. 전 전무님은 그곳에
구원투수로 불려가신 것이다.

전 전무님의 영전으로 내 일도 끝났고 고생길도 끝인 줄만 알

왔다. 하지만 얼마 후 전 전무님은 다시 나를 플래시설계팀으로 호출했고 나는 또다시 나 혼자뿐인 팀을 꾸려 짐을 쌀 수밖에 없었다. 전 전무님이 나를 신뢰하고 내가 보여준 연구 결과를 깊이 신뢰했기에 불려가는 것이었지만 D램 연구를 막 마치고 한숨 돌리던 차에 반복된 호출은 족쇄처럼 느껴졌다. 눈총을 받으며 혼자 팀을 옮기고 초짜 신입직원으로 팀을 꾸려 다시 몇날 며칠을 꼬박 새워가며 일했다.

직원들 가르치고 원서를 읽으며 일하다가 지치면 허리를 펼 새도 없이 책상에 앉은 채 잠들기 일쑤였다. 불편한 자세로 쓰러지듯 자다가 어깨가 아파서 깨어나면 어질러진 책상과 도면들, 환하게 켜져 있는 사무실 불빛을 보며 혼자 눈물짓기도 했다.

한참 뒤 동료에게서 들었다. 내가 책상에 쓰러져 잘 때, 날밤을 새우며 직원들과 연구에 몰두할 때 전 전무님이 다 보고 있었다고. 흐뭇한 표정으로 "저 친구 내가 데려왔다"라고 자랑하시면서.

항상 씩 웃으면서 '어디 한번 해봐' 하던 전무님이 그런 줄은 꿈에도 몰랐다. 너무 힘들어 한동안 전무님 원망도 많이 했는데 말이다.

한참 지나서야 그때 연구를 추억할 수 있게 되었다. 전영현 전무님도 나를 만나면 그때 일을 떠올리신다.

"그때 양향자 대단했지."

그러면 나는 반은 감사하고 반은 원망하는 눈으로 전무님을 바라보며 웃을 수밖에 없다. D램과 플래시메모리의 혁신 작업, 모든 체력과 지식을 투입하면서 열중했던 치열했던 시간이었다. 업무를 주고 믿어주신 분을 잠시 원망도 하고 좌절할 뻔도 했지만 그 일이 없었다면 나는 어떻게 되었을까? 매너리즘에 빠져 일상적인 일에 매인 보통 연구자가 되었을지도 모른다.

다시 하라고 하면 절대 못할 힘든 과정을 거치면서, 그렇게 전무님과 함께 혁신전쟁을 몇 번 치르면서 나는 회사 안에서 내 영역을 만들어갈 수 있었고 '혁신가', '파이터'라는 별명을 얻었다. 어려운 과제에 나를 던지도록 이끌어주고 스스로 일어설 수 있도록 지켜봐준 많은 선배님, 특히 전영현 전무님 덕분이다. 전무님은 승진도 다른 분에 비해 많이 빨랐다.

현재 전영현 사장님은 2017년 삼성전자 DS 메모리사업부 사장을 거쳐 배터리 문제로 위기를 겪은 삼성 SDI 사장으로 임명되었다. 언론은 전 사장님 임명을 두고 '위기의 SDI를 이끌 구원투수'라고 평가했다. 그리고 나는 2016년 정치에 들어와 실패도 겪고 사랑도 받으며 정치에서 '혁신'에 골몰하고 있다. 삼성전자에서 함께 반도체 혁신을 위해 애썼던 우리. 이제 각자 다른 곳에서 혁명보다 어렵다는 혁신을 이어가고 있다.

잘하지 않아도 괜찮아

책임연구원이 되니 연구 이외의 여러 문제를 살펴야 했다. 연구원일 때는 그저 연구에만 집중하면 성과를 낼 수 있었지만 책임연구원은 팀장급으로 다른 후배 연구원들의 업무 진행을 살피고 의사결정을 해야 했다. 쟁쟁한 엘리트들과 한 팀을 꾸리고 개성이 다른 사람들의 의견을 조율하는 것은 쉬운 일이 아니었다. 특히 삼성전자와 같은 글로벌 대기업에서 유일하게 고졸 출신이 연구원으로 승진했고 게다가 여자라는 사실은 리더로서 결코 유리한 조건이 아니었다.

내가 처음 팀장이 되었을 때, 여자 상사를 받아들이기 힘들다며 자리를 박차고 나간 후배도 있다. 은연중에 인정하지 않는다는 의사를 드러내려 '시위' 비슷한 것을 하는 나이 많은 연구원들도 있었다. 사내대학을 다니고 대학원까지 진학하며 고군분투해도, 업무 혁신으로 성과를 보여도 어떤 이들에게 나는 여전히 '고졸 보조원 출신'일 뿐이었다.

남성 직원들의 그런 편견은 차라리 나은 편이었다. 같은 여성 직원들이 은근히 무시하는 태도를 보이는 것은 참기 힘들었다. 같은 여자끼리 야속해서? 그것만은 아니었다. 연구원으로서 살아남기 위해, 앞으로 그들이 걸어야 할 길을 내가 이미 걸었고 후배들과 나눌 것들이 많은데 알아주지 않는 것이 답답했다. 결국 내가 돌파해야 할 몫이었다.

'그래, 내가 낯설다면 익숙하게 만들어주고, 어렵다면 먼저 다가가야지.'

그렇게 작정하고 직원들에게 먼저 다가갔다. 여자 상사라며 무시하는 남성 직원에게는 터놓고 말을 걸었다.

"왜 업무 진행이 안 되나요? 지난주에 지시한 건데? 내가 여자라서 믿음이 안 가서 그래요?"

"여자 상사, 당신도 처음이죠? 나도 팀장은 처음이에요. 우리 서로 처음이니까 앞으로 잘 부탁해요."

웃으면서 먼저 다가가는 이런 나의 도발에 당황하는 연구원들도 있었다. 나를 피하며 말을 꺼리기도 했다. 그럴수록 더 다가갔다. 내 팀원이고 내 사람들인데, 멍하니 시간을 보내다가 영영 멀어질 수는 없기에 나는 한시가 급했고 절박했다.

내가 그저 일만 하는 악바리 상사가 아니라 인간적인 고충이 있는 사람이라는 것도 적극적으로 보여줬다. 다른 부서에서 일하는 남편 이야기, 딸과 아들 두 아이 이야기. 열아홉 살에 고졸로 처음 입사했을 때 기흥공장을 처음 봤던 감상, 연구원이 되고 싶어 아등바등했던 이야기. 처음 일본어 공부할 때 일본어 테이프를 틀어놓은 채 잠들었다가 깨어나보니 테이프가 다 늘어져 못 듣게 되었던 이야기. 그리고 오랜 시간 일하면서 피할 수 없었던 좌절과 실패도 다 이야기해주었다.

그렇게 나를 통째로 열어 보여주니 그들도 조금씩 마음을 열었다. 여자 상사라서 인정 못 한다던 직원들이 조금씩 한 팀이 되어갔고 여성 후배들이 먼저 조언을 구하기 시작했다.

특히 나를 따르고 좋아하는 여성 직원들, 후배들이 많이 생겼다. 나 역시 그들과 함께하는 시간이 무척 좋았다. 연구원으로서, 아내와 엄마로서 일과 가정 사이에서 고군분투하는 젊은 후배들을 보면 내 과거를 보는 것 같아 유난히 마음이 쓰였다. 작은 일에라도 도움이 되고 싶었다.

나는 눈치가 빠른 편이다. 작은 마을에서 어른들 틈에 섞여, 집안일 하고 학교 다니며 자란 시골 출신들이 대부분 그렇듯이 주변 사람들의 심기를 잘 살피고 눈치껏 행동하는 것이 내 장점이라면 장점이다.

사무실 책상에 미동도 않고 앉아 있는 후배가 보인다. 열심히 일은 하는데 점심도 거르고 왠지 얼굴이 어두워 보인다. 일단 하루만 지켜보고 다음 날도 마찬가지라면 점심 약속을 잡는다.

"○○씨, 오늘 나랑 점심할래요? 내가 맛있는 거 사줄게. 거절은 안 돼요."

조금 이른 점심을 먹기 위해 나선다. 일단 천천히 밥을 먹으며 본인이 말할 때까지 기다려본다. 별 반응이 없으면 내 이야기로 시작한다. 아이를 키우는 워킹맘의 고충과 공감대는 하나다.

'아이를 키우는 내가 이 일을 언제까지 지속할 수 있을까? 잘할 수 있을까?'

수민이 낳고 도저히 출근할 수 없어 부산 시댁에 맡기고 올라오던 기차 안에서 울었던 이야기, 사내대학 첫 수업시간에 아무도 나에게 말을 걸지 않아 혼자 얼굴이 빨개졌던 이야기. 지금도 일하면서 수시로 느끼는 아이들에 대한 미안함, 남편에 대한 고마움. 그렇게 나를 보여주다보면 상대방도 마음을 열게 마련이다.

"양 책임님, 사실은 저도……."

이러면서 자기 이야기를 털어놓게 된다. 백이면 백, 일과 가정 사이에서 힘들어하는 사연이다.

'승진도 하고 싶고 일도 더 잘하고 싶은데 남편이 이해를 안 해

청년여성 멘토링 2015년 대표 멘토로 위촉되어 활동했다.

준다.'

'이럴 거면 차라리 전업주부가 되는 게 낫지 않을까 싶지만 일을 놓기는 두렵다.'

'아이는 자라는데 엄마 노릇을 제대로 못해 마음이 무겁다.'

'여성이라는 한계 때문에 제대로 대우받지 못하는 것 같아 힘들다.'

이런 사연들을 털어놓는다. 다 내가 겪었던 과정, 한때 고민했던 주제들이다. 어찌 공감하지 않을 수 있을까. 어찌 같이 울지 않을 수 있을까. 이럴 때는 일단 눈을 마주 보고 들어주는 것, 그것만으로도 서로 위로가 많이 된다. 같은 처지에 먼저 서본 사람이 내 사정을 알아주는 것만으로도 마음이 편안해지게 마련이다. 공감만으로 해결이 어려운 경우 내가 하는 말은 하나다.

"괜찮아. 잘하고 있어. 가정과 일을 다 잘하려고 하지 마."

열심히 일하며 회사에서 인정받기 원하는 여성들은 가정에서도 완벽하고자 애쓴다. 대부분 직장에 다니느라 아이나 살림이나 시집이나 가족에 소홀하다는 말을 듣는 것은 치명적이라고 생각한다. 그러나 나는 늘 말한다. 소홀해도 괜찮다고. '잘하지 않아도 괜찮다'고.

직장에 다니면서 꾸준히 상승하기를 원한다면 집안일까지 동시에 잘할 수 없다. 아무리 노력해도 시간과 체력에는 한계가 있다. 인간이 그 모든 것을 잘할 수 있다고 생각하는 것은 오만이다. 완벽할 수 없다는 것을 인정하고 잘할 수 있는 것에 집중해야 한다. 그러려면 남편과 가족의 지지를 얻는 것 또한 중요하다.

다행히도 나는 일하는 여성으로서 나를 있는 그대로 인정해주는 남편을 만나 대체로 잘 헤쳐 왔다. 하지만 많은 여성은 일하는 아내보다는 집안일 잘하는 아내를 더 선호하는 남편을 만나 힘들어한다. 겉으로는 일하는 아내를 인정하다가도 뿌리 깊은 가부장적 인식, '그래도 여자는 살림이 우선'이라는 생각 때문에 결정적인 순간에 부딪히는 경우도 많다.

"남편은 제가 직장에 다니며 월급을 받아오는 것을 좋아하지만 집안일도 전업주부처럼 빈틈없이 하기를 원해요. 직장 때문에 집안일에 지장이 있어서는 안 된다고 하면서 직장을 아예 그만두는 건 또 원치 않고요. 한마디로 여자는 적당히 회사 다니며 집안일을 잘하라는 거죠."

최악이지만 실제로 많은 여성이 남편과 이런 문제로 고민하고 눈물짓는다. 이런 식으로 갈등하다가 아이가 초등학교에 들어가거나 아프거나 결정적인 계기가 생기면 떠밀리듯 퇴사하는 경우도 많다. 그 뒤 삶은 과연 어떨까? 타의 반으로 그만둔 일에 대한 미련 없이 육아와 가정에만 집중할 수 있을까?

언젠가는 이런 문제로 고민하는 직원의 남편을 실제로 만난 적이 있다. 직장으로 전화해서 애 잘 보라고 잔소리하는 직원의 남편을 직접 보니 화가 치밀었지만 내 앞에 남편을 앉혀놓고 안절부절못하는 직원 얼굴을 보아 대놓고 야단치진 못했다. 화를 억누르며 '당신 아내가 얼마나 유능하고 이 회사에서 필요한 존재인지, 새로운 혁신사업에서 얼마나 큰 부분을 담당하는지'를 조곤조곤 이야기해줬다. 다행히 그 만남 이후 그 연구원의 남편이 조금 달라졌다고 했다. 아내가 대단한 사람이라는 것을 인정하고 전보다 집안일을 많이 분담한다며 감사 인사를 했다.

다행스러운 일이었지만 동시에 답답함을 느꼈다. 이 세상에는 남성도 있고 여성도 있다. 남성도 일하고 여성도 똑같이, 때로는 더 열악한 조건에서 힘들게 일하는데, 여성이 일하면서 발전하기가 너무도 어렵다. 발전까지는 바라지도 않고 그저 기본만 하고 살기 위해서도 부수고 거쳐야 할 수많은 장벽이 있다. 회사에서는 보이지 않는 유리천장에 기죽고 가정에서는 엄마로서, 아내로서 소홀할 수밖에 없다는 죄책감에 시달린다. 가부장 관습 아래서 전통적인 역할을 강요받는 오늘날의 우리, 오늘날의 여성.

내가 아이를 낳고 직장생활을 한 지 10여 년이 넘어가는 시점이었지만 같은 문제로 고민하는 후배들을 볼 때마다 여성의 삶 문제는 여전하고 구태는 굳건하다는 것을 느꼈다. 그럴 때마다 내가 헤쳐 왔던 길이 어떤 의미가 있는지, 내가 저들을 실질적으로 도울 길은 없는지 막막하고 가슴 아팠다. 여성 후배들과 점심을 먹고 돌아오는 길이면 으레 듣는 질문이 있다.

"양 책임님은 왜 저한테 열심히 하라고 하지 않으세요? 양 책임님이 점심 먹자고 하셨을 때 저는 혼날 줄 알았어요. 저를 야단치실 거라 생각했어요."

"왜, 내가 그럴 거라고 생각했어?"

"열심히 사셨잖아요. 힘든 상황에서 노력하면서. 그러니까 저

같은 사람을 보면 나약하다고 하실 줄 알았어요. '나는 이렇게 노력했는데 너는 그것도 못하니? 더 노력해라' 하실 줄 알았는데 잘하지 않아도 된다고 하시고 잘못하는 것에 당당하라고 하시니 의외였어요."

"그건, 내가 너무나 힘들게 살았기 때문에 그래."

"네?"

"내 시대에는 어쩔 수 없이 그렇게 살았지만 나 다음에는 누구도 그렇게 살라고 하고 싶지 않아. 이제는 내가 했던 것처럼 그렇게까지 힘들게 애쓰지 않아도 된다고, 잘 못해도 괜찮다고 말해주고 싶었어. 이제는 그래도 되잖아."

가난한 시골 출신에 여상 졸업생, 연구원 보조원. 모든 조건이 열악했던 나는 어디서든 처음이 될 수밖에 없었고 살아남자니 악바리가 될 수밖에 없었지만 더 젊은 당신들은 그러지 않아도 돼. '일하는 여자'라고? 아니, 내 자리와 내 이름을 갖고 일하는 나도 그저 '사람'이라고 말하고 어디서든 당당해지길. 소홀할 수밖에 없는 일에는 도움을 청하고, 일하는 사람으로서 받아 마땅한 권리를 찾으라고 말해주고 싶었다.

촌뜨기 여상 출신,
삼성전자 임원이 되다

2013년, 나는 책임연구원을 거쳐 수석연구원 6년 차 부장이 되었다. 반도체 에어리어 축소와 설계 자동화 혁신으로 거듭 성과를 내면서 회사 안에서는 나를 어려운 사업을 도맡아 하는 '혁신가', '일벌레'로 여겼다. 챙겨야 할 일들도, 후배들도 늘어갔다. 보람과 책임감이 동시에 커졌다. 20여 년 전, 나와 함께 버스를 타고 기흥에 왔던 동기들은 하나도 남아 있지 않다. 여성 연구원도, 여성 책임연구원도 거의 없는 대기업의 현실에서 언제나 소수자, 때로는 이 직군에서 거의 유일한 여성으로서 내 위치에 대해서도 생각이 깊어졌다.

'나의 일과 영향력으로 후배 여성들을 어떻게 도울 수 있을까? 앞으로 어떤 일을 해야 할까?'

그해 연말 임원 승진이 있었지만 갓 6년 차인 나와는 전혀 상관없는 일이었다. 그도 그럴 것이 보통 임원 승진은 수석연구원 7년 차부터 대상이었다. 승진 발표가 있던 12월 5일에도 직원들과 함께 회식을 했다. 한창 신나게 이야기하고 마시고 있을 때 휴대전화에 불이 켜졌다.

'부재중 전화 전동수 사장님.'

'뭣 때문에 이 시간에?'

얼른 발신버튼을 눌렀다. 벨이 두 번 울리기도 전에 사장님 목소리가 들려왔다.

"아이고, 양향자 상무님, 축하해!"

"네?"

"아, 뭐야. 자네한테 제일 먼저 전화했는데 안 받아서 김이 다 샜다. 내일 아침 9시에 공고가 뜨니까 그때까지는 비밀이야!"

승진 통보이자 선배로서 축하전화였다. 전화를 끊고 나서도 한동안 멍했다. '농담이시겠지', '뭔가 착오가 있는 게 분명해.' 별의별 생각이 다 들었다. 주위에 앉은 직원들은 시끄럽게 웃고 떠들며 먹고 마시는데 나는 그럴 수 없었다. 밥이 코로 들어가는지 입으로 들어가는지 모르게 급히 식사를 마치고 식당 밖으로 나왔다. 가슴이 두근거렸다.

'설마 정말 상무 승진이라면?'

상상도 못했던 행운이었다. 열아홉 살 여상 졸업생으로 처음 기흥에 왔을 때부터 지금까지 있었던 일이 빠르게 스쳐갔다. 그리고 아버지를 떠올렸다. 아버지가 우리 곁을 떠나셨을 때가 마흔일곱. 그리고 2013년 그때 내 나이가 마흔일곱 살이었다. 우연의 일치일까? 그날은 아버지 기일이었다. 30년간 찾아뵙지 못한 기일, 이번에는 제사에 꼭 참석하리라 다짐했건만 결국 못 갔다. 그래도 당신이 세상을 떠난 나이가 된 딸, 가족을 책임지고 어려움을 헤쳐온 딸에게 선물을 주시는 걸까? 거기에 생각이 미치니 눈물이 핑 돌았다.

그리고 가장 먼저 전화를 걸어 축하해준 선배, 전동수 사장님을 떠올렸다. 만약 정말 승진이라면, 1년 이상 빠르게 이뤄지는 발탁승진이었고, 거기에는 전동수 사장님의 격려가 큰 힘이 되었다. 아무것도 모르면서 그저 잘하고만 싶었던 20대 연구원 보조원 시절부터 전동수 사장님은 나를 동생처럼 대해주고 임원의 꿈을 심어준 선배였다.

처음 전동수 사장님을 만났을 때 우리는 모두 20대였다. 나는 스무 살의 고졸 연구원 보조원이었고 그는 스물아홉의 대졸 연구원이자 대리였다. 같은 팀은 아니었지만 카르마실에서 같이 일하다보니 서로 알게 되었다. 나는 카르마실에 항상 가장 먼저 출근하는 보조원이었다. 여덟 대밖에 없는 컴퓨터를 차지하려면 일찍

오는 수밖에 없었다. 전동수 사장, 당시 대리는 그다지 일찍 출근하는 편은 아니었다. 새벽에 출근하는 내가 우리 팀 선배들의 자리를 맡아놓으면 느지막이 나타나 자리를 찾곤 했다. 그러다가 자리가 없는 것을 알면 꼭 나에게 부탁했다.

"미스 양, 자리 하나 내놔."

"전 대리님, 자리 앉고 싶으시면 빨리 좀 오시든가요."

나의 퉁명스러운 태도에 놀란 전 대리님은 몇 번 화를 내며 투덜거리기도 했지만 며칠 자리를 맡으러 새벽 출근을 하는 나를 보고 마음을 접었다. 그 후로는 아예 부탁조로 나왔다.

"미스 양, 일찍 오는 김에 내 자리도 하나만 해줘. 부탁할게!"

그렇게 컴퓨터 앞에 앉은 전 대리님은 참으로 열심히 일했다. 자주 지각을 하고 툴툴거리기도 했지만 일에 대한 집중력은 무서웠다. 아침에 커피 한 잔 뽑아들고 책상에 앉으면 점심시간까지 꼼짝하지 않고 일했다. 이 세상에 컴퓨터와 자신만 있는 것처럼. 30년 동안 반도체 일을 하면서 여러 선배와 엔지니어, 회사 내외의 연구원들을 만났지만 그 후로도 그렇게까지 일에 집중하는 사람을 보지 못했다.

그렇게 20대의 한때를 일하며 보냈던 우리가 다시 만난 것은 2010년이었다. 무서운 집중력으로 실력을 인정받아 승진을 거듭하던 전 대리님은 이사, 상무, 전무를 거쳐 부사장으로 우리 부서

고향 쌍봉리에 임원 승진을 축하한다는 현수막이 걸렸다.

에 부임했다. 당시 나는 수석연구원이자 프로젝트 리더였다.

"야, 양향자. 참 잘 컸다!"

전동수 부사장님은 카르마실에서 자리를 맡아주던 꼬맹이 고졸 보조원이 어엿한 연구원으로, 리더로 성장했다며 대견해하셨다. 틈만 나면 사람들 앞에서 핸디캡을 극복한 사람이라며 나를 칭찬해주셨다. 그렇게 각자 길에서 베테랑으로 성장한 우리는 금세 많은 일을 공유할 수 있었다. 반도체 해외연구소 개혁, 설계공정의 혁신 등 굵직한 혁신사업들을 함께 해냈다. 그 과정에서 전동수 부사장님은 '양향자 상무'를 만드는 데 가장 앞장서주셨다. 그리고 나의 승진사실을 알자마자 가장 먼저 전화를 해서 축하해주셨다.

다음 날 정식으로 공고가 났고 많은 사람이 축하해주었다. 남편과 아이들의 축하, 함께 일했던 선배들과 후배 연구원들의 축하. 실감나지 않았지만 어찌된 일인지 눈물은 났다.

삼성과 같은 대기업에서 여상을 나온 사람이 임원이 되는 것은 있을 수 없는 일이었고 내가 최초였다. 고졸 출신 임원이 있긴 했지만 인문계였고 상업계는 내가 처음이었다. 여성 임원도 있기는 했다. 하지만 다른 회사에서 스카우트해온 경우였고 나와 달랐다. 회사에서 성장하고, 회사에서 공부해 임원이 된 고졸 출신 여성은 내가 유일했다.

'내가 어떻게 한 거지?'

스스로도 믿을 수 없는 결과의 무게에 기쁨보다는 책임감이 밀려왔다. 회사를 내 집으로 삼고 살겠다고 결심한 지 28년 만에 나는 회사와 함께 성장한 임원이 되었다. 생각해보면 삶의 모든 것을 회사와 함께했다. 지난 시간들을 떠올리며 생각에 잠겨 있을 때 남편 목소리가 들렸다.

"양향자! 축하해! 해낼 줄 알았어."

"고마워요! 여보, 정말 고마워."

진심과 선함의 힘을 가르쳐주신
또 다른 부모님

내가 회사에서 성장하는 모습을 지켜보고 임원이 되는 과정을 함께하며 축하해준 분 중에는 부모님 같은 두 분이 계시다. 오랫동안 나의 정신적 지주이자 반도체 과학의 대선배로서 인연을 이어온 하마다 시게타가 박사님 부부다. 박사님과는 회사 선후배 사이도 아니고 사제지간도 아니다. 함께 지낸 시간도 세어보면 그리 길지 않다. 박사님 부부는 주로 일본에, 나는 한국에 살고 있으니 말이다.

하지만 우리는 30년 동안 인연을 이어오며 지금껏 1,000통이 넘는 손편지와 수백 개 선물을 주고받았다. 무엇보다 중요한 것은 선물이나 편지가 아니라 혈육도 아닌 나에게 그분들이 베풀어주신 큰 위안과 사랑이다. 그래서 나는 하마다 박사님 부부를 나

의 또 다른 부모님으로 모시고 있고 그분들도 나를 딸처럼 여겨
주신다. 스물두 살 처음 만날 때부터 지금까지 하마다 박사님은
과학자이자 선배 엔지니어로 나를 이끌어주셨으며 사모님 또한
남편은 물론 내 아이들까지 가족처럼 아껴주셨다. 국적이 다르
고 피 한 방울 섞이지 않은 나를 천륜처럼 대하는 두 분과 인연은
1988년으로 거슬러 올라간다.

88서울올림픽이 열리기 몇 주 전이었다. 기술기획팀장님이 나
를 불렀다.

"올림픽을 맞아 회사에서 일본 VIP를 두 분 초청했어. 인사카
드를 보니 자네가 일본어를 할 줄 안다던데 한 팀 가이드를 맡아."

놀랍고 가슴 뛰는 일이었지만 걱정이 되었다. 나는 입사하자마
자 2년간 일본어를 독하게 공부해서 기술서적을 읽고 대화도 제
법 할 수 있었지만 실제 일본인을 만나서 통역을 해본 적은 없었
다. 게다가 VIP 통역이라니. 더욱 부담스러웠던 이유는 나와 함께
선발된 통역 직원 때문이었다. 회사에서 일본어 전문가로 통하는
고의숙 대리님이 다른 팀 통역이 되었는데 그는 자타공인 실력
있는 일본어 전공자였다. 그런 분과 나란히 귀빈 통역을 하라니.
제안을 받고 나서 며칠 잠을 이루지 못할 정도로 긴장했다.

초청한 VIP는 두 분이었고 각각 아내를 동반했다. 체류기간은
일주일이었다. 고 대리님이 맡은 귀빈은 삼성재팬 도쿄지사 사장

님인 가다오카 박사님이었다. 그때 내가 통역을 맡은 손님이 바로 하마다 시게타가 박사님이었다.

하마다 박사님은 1970년대 삼성이 반도체 사업을 기획할 단계부터 특별히 초청한 전문가 석학으로, 삼성반도체의 근원과 같은 역할을 했으니 삼성으로서는 은인과도 같은 분이었다. 도쿄대학을 졸업한 전자공학박사이면서 엔지니어로 당시 일본 텔레폰 텔레그램(NTT) 전무이기도 했다. 박사님은 예순셋, 사모님은 예순하나였다.

올림픽 개막식 전날, 김포공항으로 나가 박사님 부부를 맞이하라는 지시가 떨어졌다. 나는 가장 단정하고 싼 티가 나지 않는 블라우스와 치마를 차려입었다. 공항에 도착한 박사님은 흰머리에 창백하리만치 피부가 하얀 노신사였다. 흰 눈썹이 길게 늘어진데다 눈은 살짝 처진 모습을 보고 나는 동화에 나오는 신령님 같다고 생각했다. 긴장한 나는 뻣뻣하게 90도로 허리를 숙여 인사하고 내 부족함부터 고백했다.

"죄송합니다. 저는 일본어를 잘 못합니다."

"……."

보자마자 일본어로, 일본어를 잘 못한다며 쩔쩔매는 나를 보던 하마다 박사님 부부. 잠시 침묵이 흐르더니 두 분의 웃음보가 터졌다. 훗날 박사님과 사모님은 그날의 첫 만남을 이렇게 추억하셨다.

"한국에 가면 경험 많은 전문가이드가 나와서 노련하게 안내해줄 것이라고 생각했는데 웬 어린애가 나와서 일본어를 잘 못한다고 사과부터 하니 너무 재미있어서 웃을 수밖에 없었어."

"하지만 그 모습이 귀엽기도 해서 우리는 괜찮았어."

그 뒤로 이어지는 일정은 내 걱정보다는 수월했다. 박사님 부부가 나에게 많이 의지하지 않았고 두 분이 만나는 대부분 한국 인사들이 일본어를 잘했기 때문이다. 어느새 나는 통역이라기보다 그분들 일행처럼 일정을 함께하게 되었다. 그래도 나는 내가 할 수 있는 한 최대한 그분들의 편의를 챙기고 한국을 소개하려 애썼다. 돌아보면 내 일본어가 많이 부족했고 서울에 대해 아는 것도 별로 없었지만 뭐라도 해보려고 애쓰는 모습이 그분들께는 기특하게 여겨졌던 것 같다.

하마다 박사님 부부는 두 분 다 참 다정하셨다. 어리고 어리숙한 내가 혹시나 긴장하지 않을까 배려하며 챙겨주시는 모습이 역력했다. 어딜 가나 처음 만나는 사람들에게 내 소개를 가장 먼저 했고, 식사시간에는 내게 먼저 음식을 권하셨다. 황송할 정도의 대우였다. 사모님은 혹여 나를 잃어버릴까 걱정이 되셨는지 언제부터인가 내 손을 꼭 잡고 다니셨다. 지금 생각하면 참 염치없는 짓이지만 어느새 통역으로서 부담이 없어진 나는 따뜻하고 너그

또 다른 부모님이신 하마다 박사님 부부

러우며 부모님 같은 두 분과 함께 고급스러운 여행을 즐기고 있었다. 깨끗하고 넓은 호텔과 리셉션장, 회사에서 특별 초청한 올림픽 개막식 입장과 고궁 투어, 회사에서 제공하는 차량과 기사. 박사님이 만나는 사람들도 우리 회사 사장단이나 당시 반도체 기술 분야 최고 실력자들이었다. 그들 앞에서 기술에 대해 조언하는 박사님을 보면서 진짜 최고란 저런 것이구나 싶어 감탄했다.

　꿈같던 일주일이 지나고 박사님 부부가 일본으로 돌아가는 날, 두 분은 내 손을 꼭 잡고 작별인사를 했다. 일주일 동안 종일 같이 지내며 정이 많이 들었던 터라 두 분이 떠나시는 것이 아쉽고 슬펐다. 나는 가까스로 눈물을 참았다.

"양상, 일본에 와봤어?"

박사님이 물었다. 나는 그전까지 비행기 한 번 못 타봤고 제주도도 한번 못 가봤다. 나는 눈물이 그렁한 눈으로 고개를 저었다. 두 분은 내게 일본에 오라고, 오면 꼭 당신 집에 들르라고 신신당부하셨다. 알겠노라고 고개를 끄덕이며 다시 한번 손을 꼭 잡았다. 옥상(부인)은 울먹이는 나를 품에 안으며 마지막 인사를 건네셨다.

"향자, 우리에게 따뜻하게 대해줘서 정말 고마워."

며칠 후 나는 초청 담당자에게 불려가 크게 혼이 났다. 회사에서 두 분에게 식사와 편의를 제공하라고 준 신용카드가 있었는데, 내가 한 푼도 안 쓴 것이다. 귀빈을 모시고 나가서 도대체 뭘 했냐는 꾸중이었다. 함께 통역한 고 대리님은 원래 책정되었던 금액의 두 배를 사용했다고 했다.

"대접을 하라고 보냈더니 네가 대접을 받고 오면 어떡해!"

담당자는 철없는 애가 귀빈에게 결례를 범했을까 봐 걱정했다. 그도 그럴 것이 나는 일주일 동안 두 분에게 얻어먹고만 다녔다. 카드를 쓰려고도 해봤지만 그럴 때마다 두 분이 손사래를 치며 계산하시는 통에 써볼 틈이 없었다. 나는 억울했지만 어쩔 수 없었다. 그분들을 모시고 비용을 부담하는 게 내 일이었는데 혹여

진짜 실수한 것이 아닌지 걱정되기도 했다.

　그런데 3일 뒤 놀라운 일이 일어났다. 박사님이 진짜로 나를 일본으로 초청한 것이다. 회사 사람들은 "이게 무슨 상황이지?" 하며 의아해했다. 나 역시 믿을 수 없었고 얼떨떨했다. 그러나 두 분이 보낸 비행기표는 현실이었다.

　'집에 들르라는 말이 빈말이 아니었구나!'

　나는 고마움과 그리움에 눈물이 나왔다. "봐요. 내 말이 맞죠?" 라며 자랑하고 싶었다. 나를 꾸중했던 모든 사람에게 따지고 싶었다. 귀빈의 요청은 일사불란하게 처리되었고 회사는 내게 연수 형식으로 5일간 휴가를 주었다. 여권을 만드느라 사진도 찍었다. 그렇게 나는 난생처음 비행기에 올랐다. 구름 위에서 몸도 마음도 보고픈 두 분에게 날아가고 있었다. 그것이 나의 첫 외국여행이었다.

　일본 나리타공항에 도착하자 입국장에 하마다 박사님 부부가 나란히 서 계셨다. 할머니는 내 이름 '양향자'가 쓰인 피켓을 들고, 할아버지는 비디오카메라를 들고 계셨다. 한국에서 고작 일주일을 함께했을 뿐인데 우리는 몇 년 만에 만난 가족처럼 얼싸안고 반가워했다.

　두 분은 곧바로 나를 당신들 집으로 데려가셨다. 도쿄 가네모치에 있는 박사님 집은 일본식 정원이 있는 깨끗한 3층 저택이었다. 그분들은 2층에 내 방도 따로 마련해놓으셨다. 새 이불과 작고 단정한 가구가 있는 방이 내가 쓸 곳이었다. 그전에는 한 번도 나만의 방을 가져보지 못했다. 그런 나에게 그 방은 단 며칠간 숙소였지만 처음 가져보는 나만의 공간이었다. 나는 낮은 침대에 기대 앉아 푹신한 이불에 얼굴을 비볐다. 편안하고 고급스러운 느낌이었다.

박사님 부부와 함께 보낸 4박 5일은 지금 생각해도 꿈만 같다. 처음 먹어보는 소고기 스키야키, 편안했던 욕조와 침대, 오래된 나무들과 깨끗했던 도쿄 거리, 세련되고 아득했던 야경, 태평양과 이어진 푸른 바닷가…… 이렇게 호사를 누려도 되나 싶을 정도로 황홀한 휴가를 보냈다. 박사님이 운전하는 차를 타고 아사쿠사동물원, 신주쿠, 긴자 등 도쿄 전체를 구경했다. 한국에 돌아와 힘들고 지칠 때마다 그 꿈같은 날들을 떠올리고, 박사님 부부와 추억을 생각했다. 그러면 언제나 힘이 나고 기분이 좋아졌다.

하마다 박사님은 나에게 수학과 공학도 가르쳐주셨다. 반도체가 장래에 얼마나 유망한 산업인지도 말해주셨다. 그때는 일본어 회화가 서툴렀지만 업무와 관련된 부분은 회화보다 더 쉽게 알아들을 수 있었다. 그분 이야기를 듣는 것은 꿈같은 경험이었지만 나는 연구원 보조원일 뿐인 내 처지가 답답했다.

"박사님, 저는 대학도 나오지 못했고 지금은 보조일 뿐이에요.

제가 어떻게 하면 더 잘할 수 있을까요?"

박사님은 일할 때는 '직책'보다 내가 무엇을 하는지, 무엇을 업으로 삼는지가 더 중요하다고 말씀하셨다.

"양상, 보조니 부장이니 차장이니 하는 자리는 중요한 게 아니에요. 그 자리에서 어떤 일을 하는지가 훨씬 중요합니다. 특히 엔지니어는 더 그래요. 전문가로서 남보다 뛰어난 기술, 다른 생각을 갖고 발전할 수 있는 일을 하는 것이 가장 중요해요. 열심히 해서 업을 삼을 수 있도록 노력해요."

자리가 아닌 '업'을 가진다는 것, 기술로 전문가가 된다는 것에 대해 그때 처음으로 진지하게 생각하게 되었다. 그것은 완전히 다른 차원의 고민이었다. 승진하거나 연구원이 되는 게 다가 아니었다. 어떤 일을 내 '업'으로 삼을 것인지가 중요했다.

자식이 없는 두 분에게 나는 정말 딸과 같은 존재가 되었다. 나를 응원해줄 어른이 필요했던 나는 두 분의 호의가 믿을 수 없이 고마웠다. 그분들과 인연으로 나는 따뜻함도 느꼈지만 낳아주신 부모님과는 또 다른 느낌의 멘토를 만들 수 있었다. 게다가 하마다 박사님은 우리나라 반도체산업을 처음 있게 한 주역 중 한 분이니 나에게는 분에 넘치는 인연이었다.

짧은 도쿄 여행이 끝난 뒤로도 나와 박사님 부부는 편지와 전화로 자주 만났다. 박사님이 한국에 오면 꼭 나를 찾으셨고, 나도

가족과 함께 일본을 방문했을 때

일본에 출장 가면 먼 길을 마다 않고 두 분에게 달려갔다. 내 삶의 모든 고비마다 박사님이 계셨다. 결혼 후 남편을 처음 데려갔을 때 남편이 맥주를 원샷하자 무척이나 좋아하셨고 첫아이와 둘째아이를 데려갔을 때는 디즈니랜드에서 장난감과 학용품을 한가득 안겨주셨다. 지금 청년이 된 아이들도 일본의 할아버지, 할머니 댁에 가는 것을 무척이나 좋아한다. 큰딸 수민이가 "제가 나이 들면 꼭 두 분처럼 살고 싶어요"라며 두 분을 인생의 롤모델로 꼽을 정도다.

　내가 연구원이 되고 대학에 가는 과정도 모두 그분들에게 편지로 알렸다. 대학원을 가고 책임연구원이 되고 승진을 거듭하며 힘들 때도 있었다. 그럴 때는 새벽에 깨어나 하마다 박사님에게 긴 편지를 썼다. 그러고 나면 며칠 후 어김없이 격려를 담은 장문의 편지가 기숙사에 도착해 있었다. 힘들고 지칠 때마다 나는 하마다 박사님 편지를 읽으며 다시 힘을 낼 수 있었다. 친척도 혈육도 아니지만, 한국과 일본에 떨어져 있지만 우리는 참 오랜 시간 가족과 같이 교류하며 지냈다.

내가 두 분을 존경하는 것은 그분들이 부와 명예를 가졌기 때문도, 평생 쌓아온 지식과 과학적 성취 때문도 아니다. 그 모든 것을 다 가졌는데도 아주 작은 것에서 소중함을 찾고 감사할 줄 아는 마음을 지니셨기 때문이다. 일본의 박사님 댁에서 처음 자고 일어난 아침, 정원의 나무와 꽃과 새, 물고기 한 마리 한 마리를 돌보며 "감사합니다"라고 인사하는 박사님을 보았다. 박사님은 당신을 둘러싼 세상 모든 것을 소중하고 고맙게 여기셨다.

두 분은 다른 사람의 작은 성의에도 진심으로 감사해하는 순수한 분들이다. 하마다 박사님은 아직도 10년 전 수민이가 오래 사시라고 접어드린 학 천 마리를 소중히 간직하고 계신다. 주위 사람들에게 입이 마르게 자랑하시며 '그 종이학 때문에 우리가 오래 산다'며 만날 때마다 우리에게 고마워하신다. 나와 우리 가족에게 많은 사랑을 베풀어주셨으면서도 항상 부족하다 하시고

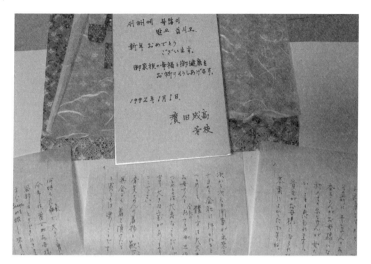

박사님 부부가 내게 보내주신 편지

우리가 보여드리는 작은 성의에도 진심으로 감사하고 감격해하신다.

지금도 그분들 집에는 나와 아이들이 보낸 편지 한 통 한 통이 각각 자리를 차지하고 있고, 내 첫 일본 여행부터 그동안 함께했던 소중한 추억이 수백 개 비디오테이프에 담겨 보관되어 있다. 모두 우리와 함께한 여행길에 박사님이 촬영해 편집하신 것들이다. 가끔 의미 없는 인생, 허무한 삶을 한탄하는 사람이 있으면 꼭 이분들 얘기를 들려주고 싶다. 생각하기에 따라 삶의 모든 것이 귀하고 소중한 것이라고.

"사람이 뭐 그렇게 순진해요?"

가끔 사람들이 물을 때면 나는 일본의 그분들을 떠올린다. 나에게 사람의 진심과 선함에 대한 순수한 믿음이 있다면 그것은 모두 그분들에게 배운 것이다. 1988년에 어리고 부족했던 촌뜨기 양향자가 그분들을 만난 것은 인생의 최대 행운이었다.

"양 상무는 어디 갔어?"

2014년 1월 1일 회사에서는 신년만찬이 있었다. 이건희 회장이 참석하는 자리였기에 거의 모든 임원이 참여하는 중요한 행사였다. 만찬장 뒤편의 스크린에는 그해 승진한 임원들의 프로필 영상이 장엄하게 흐르고 있었다. 한 명씩 호명되고 박수를 받는 자리였지만 주인공 중 한 사람인 나는 그곳에 없었다.

그때 나는 우리 가족 그리고 박사님 부부와 함께 일본에 있었다. 해마다 계획했지만 바쁘다는 핑계로 한 번도 하지 못한 이즈반도의 새해 일출을 보기 위해서였다. 내 임원 승진 소식을 누구보다 기뻐할 두 분을 만나러 달려온 것이다. 새해의 태양이 떠올랐을 때, 우리는 한목소리로 탄성을 질렀다. 그리고 서로 마주 보며 덕담을 나눴다. 내 생애 가장 행복했던 추억의 한 페이지가 그렇게 넘겨졌다.

꿈 너머 꿈이 무엇입니까

2015년 초겨울 어느 날, 막 출근한 나에게 비서 직원이 다가왔다.

"상무님, 민주당에서 메일이 왔습니다. 상무님 전화번호를 알려달랍니다."

"민주당? 정치하는 그 민주당에서 내 전화번호는 왜? 기업에 후원금을 달라는 건가?"

처음에는 그렇게 생각했다. 정당과 별 인연도 없었고 정치인도 잘 알지 못하는데 왜? 그러려니 하고 곧 잊어버렸다. 그러나 그 뒤에도 몇 번 메일이 더 왔고 비서의 채근에 마냥 무시할 수만은 없어 전화번호를 알려줬다. 곧바로 본인을 당직자라고 밝힌 사람에게서 전화가 왔다. 당장 찾아오겠다고 했다. 일단은 만날 이유가 없어 만류했다. 그러나 전화가 거듭되었고 하는 수 없이 약속을 정했다. 한 카페에서 만난 당직자가 말했다.

"총선에 앞서 민주당으로 모시고 싶습니다."

입당 제의이자 출마 제의였다. 당황스러웠다. 그 자리에서 나는 정중히 거절했다. 임원이 된 후 국민멘토로 선정되어 이런저런 행사에 참석한 적은 있다. 일찍 승진해서 뭐 할 거냐며 혹시 정치할 거냐고 물어보는 이들도 있긴 했다. 하지만 다 반 농담조로 하는 말들이었고 나도 진지하게 생각한 적이 없다.

"정치는 제 길이 아닌 것 같습니다. 죄송합니다."

그런데 며칠 뒤 다른 당직자가 다시 찾아왔다. 그쪽은 더 간절했고 나는 더 단호했다. 그날 저녁에 남편에게 자초지종을 이야기했다. 깜짝 놀란 남편이 가슴을 쓸어내리며 잘했다고 했다.

며칠 후, 이번에는 최재성 의원이 회사로 찾아왔다. 그는 당시 민주당 총무본부장으로 총선 인재영입의 실무책임을 맡고 있었다. 우리는 어처구니없게도 한 만화카페에서 만났다. 최재성 의원이 누구를 만나느냐가 뉴스가 될 때였기 때문에 최대한 남의 눈을 피해 의외의 장소에서 비밀스럽게 만나야 했다.

그는 더불어민주당 문재인 대표의 메신저로서 당에서 바라는 인재상과 영입철학에 대해 이야기를 많이 했다. 당이 처한 어려움, 총선과 대선 승리의 절박함은 물론 박근혜 정권에서 고생하고 고통받는 많은 국민을 위해, 또 여성들의 삶을 위해 호남과 여성을 대표할 인재를 찾고 있다고 했다.

거의 두 시간이 넘도록 나는 최재성 의원의 열변을 듣고만 있었다. 이야기가 끝날 때쯤, 최 의원은 나에게 더불어민주당에 입당해달라고 강력하게 제안했다. 그때는 딱 잘라 안 된다고 말하기가 어려웠다. 하지만 아닌 것은 아니었다. 나는 죄송하다며 거절했다.

어렵게 최재성 의원을 뿌리치고 나오는 발걸음이 무거웠다. 정치는 한 번도 염두에 두어본 적 없는 다른 세계였다. 나의 세계는 세계 1위의 우리 반도체 그리고 삼성, 나를 응원해주고 따라주는 선배와 후배들이 있는 회사였다. 하지만 대체 왜 저 사람들이 거듭해서 나를 찾아와 저런 부탁을 하는지 궁금했다. 나중에 그들에게 이야기를 들었다. 나를 만나보고 '이 사람이다' 싶었다고. 최대한 설득해서 반드시 영입하자고 입을 모았단다.

최재성 의원은 이후로도 세 번 더 나를 찾아왔다. 처음에는 엄격해 보이는 인상이 왠지 무서워보였지만 자꾸 만나다보니 커피 취향도 알게 되고 어느새 직장동료처럼 이런저런 이야기도 나누게 되었다. 하지만 나는 그분이 원하는 대답을 할 수 없었다. 거듭되는 요청에도 "정치는 하지 않습니다"라고 대답해야 했다.

그러나 점점 생각이 많아지는 것은 어쩔 수 없었다. 내 마음을 가장 붙잡은 말은 최재성 의원이 강조했던 '사회적 책임'이었다. 내 능력과 상징성은 나 혼자만의 것이 아니라 이 사회가 만들어준 것이다. 그렇기 때문에 이제는 공적 영역에서 내 역량을 발휘해야 한다는 주장이었다. 그때 만남을 돌아보면 최재성 의원은 결코 나에게 도와달라고 부탁하지 않았다. 오히려 정치에 뛰어들지 않는 나를 꾸짖고 질책하는 쪽에 가까웠다.

사회적 책임! 그 말이 가시처럼 내 마음에 박혔다. 최재성 의원 말처럼 이대로 회사생활만 계속하는 것이 정말 이기적인 걸까?

남몰래 깨어 있는 새벽시간이 길어지고 서점에서 정치 관련 책을 사서 보기 시작했다. 그러다가 최재성 의원의 열변에 설득되어 어느새 정치에 대한 고민을 하는 나 자신을 발견하고는 흠칫 놀랐다. 얼마 후 최재성 의원에게 전화가 왔다.

"대표님을 한번 만나주세요."

'올 것이 왔구나' 싶었다. 문재인 대표를 만난다니. 나는 태산이 다가오는 듯한 무거운 압박감을 느꼈다. 하지만 동시에 궁금하기도 했다. 대체 나한테 왜 이러시느냐고. 겁도 났다. 문재인 대표를 만난다면, 더는 피할 변명거리를 찾을 수 없을지도 모른다는 생각이 들었다. 그날 저녁 한참 우물쭈물하다가 남편에게 말을 걸었다.

"여보, 문 대표님이 만나자셔."

"뭐? 그때 이야기 끝난 거 아니었어? 기어이 하겠다는 거야?"

"정치를 해보면 어떨까 싶어?"

"아, 우리가 같이 사는 것도 얼마 안 남았네."

평소 모진 말을 하지 않는 점잖은 사람 입에서 나온 아픈 말이었다. 남편은 진심으로 화를 냈다. 절대 정치는 안 된다고 다시 한번 선을 그었다.

"여보, 미안해. 하지만 당신이 대표님 만나보고 그때도 아니라고 하면 정말 안 할게."

남편은 한동안 말이 없었다. 그러다가 고개를 끄덕였다. 같이 가겠다는 뜻이었다. 며칠 후 우리는 여의도의 한 사무실로 갔다. 007작전이 이런 것일까 싶을 정도로 철통보안 속에 몇 번이나 약속장소를 바꿔가며 어렵게 만났다.

"처음 뵙습니다. 말씀 많이 들었습니다."

악수를 건네는 문재인 대표를 그때 처음 만났다. 그분을 보자 내 입에서는 준비하지도 않은 말이 튀어나왔다.

"대표님, 소눈이시네요."

조용히 끔뻑끔뻑하는 대표님의 큰 눈망울을 보며 나는 돌아가신 아버지를 떠올렸다. 크고 검은 아버지의 눈을 나는 '소눈'이라고 했다. 이내 분위기가 화기애애해졌다. 문재인 대표와 남편이 거제도의 같은 마을 출신이라는 데 화제가 옮겨가자 어색한 웃음을 짓던 남편 표정도 편안해졌다. 그러고 보면 두 사람이 좀 닮았다. 눈이 크고 선비 같은 얼굴이.

한창 대화를 이어가다가 나를 보던 문재인 대표의 표정이 사뭇 진지해졌다.

"상무님, 꿈 너머 꿈은 무엇입니까?"

'꿈 너머 꿈이라니. 이분은 내가 많은 것을 이뤘고 이제 그다음을 생각한다는 것을 아시는구나. 꿈을 이룬 나는 이제 어디로 나아가야 하나. 내 책임은 무엇인가. 내가 이룬 꿈 뒤에 다시 꾸어야 할 꿈은 무엇인가……'

문 대표의 그 말에 답은 하지 못한 채 순간적으로 수많은 상념이 밀려들었다.

새로운 꿈. 꿈 너머 꿈. 설레는 말이지만 한편으로는 몹시 불안한 말이었다. 쉰이란 나이는 새로운 꿈을 꾸며 인생 2막을 시작하기에 딱 좋은 때이지만 익숙한 것과 이별하고 해보지 않은 것에 도전하기에는 늦은 나이라는 생각도 들었다. 내가 할 수 있을까? 그렇다면 왜 나일까? 문재인 대표님은 그 깊은 눈으로 도대체 나의 무엇을 보았기에 이런 말을 하실까?

"대표님, 저는 궁금합니다. 여러분이 자꾸 저를 찾아와 정치를 하자고 하시는데 오늘 대표님도 그러시네요. 저를 얼마나 안다고 함께하자고 하시는지요?"

아버지와도 남편과도 닮은 점이 많은 문재인 당시 대표와 함께

문재인 대표님이 빙그레 미소 지으며 답했다.

"알아온 시간의 양이 신뢰를 결정하는 것은 아닙니다."

그 뒤의 대화는 설득도, 설명도 아니었다. 우리는 오래 알았던 사람들처럼 그간 살아온 얘기를 나눴다. 그는 시종일관 미소 지으며 내 말을 들었고 나는 오랜만에 만난 동네 오빠에게 수다 떨듯 쉼 없이 이야기했다. 퍼뜩 서울대학교 조국 교수가 말했던 '문재인의 장점'이 생각났다.

'경청력.'

아, 이렇게 사람을 편안하게 해준 다음 가만히 들어주는 것이 이분의 힘이구나. 얼마나 많은 말을 했는지도 모르게 나는 그분

앞에서 내가 살아온 삶을 다 털어놓고 있었다. 그렇게 문 대표님은 나에게 답을 강요하지 않고 내가 답을 찾을 수 있도록 도와주었다. 귀를 열고 속눈썹이 짙은 검은 눈망울을 끔벅거리면서.

"정치인 양향자의 역할은 무엇일까요?"

조용히 앉아 있던 남편이 물었다. 문재인 대표는 호남, 여성 그리고 기업 세 가지 영역을 우리에게 얘기했다. 그 세 가지 영역의 희망을 모아 당에 전해주고 또 그 바람을 당에서 실천하는 일, 그리하여 2017년 대선에서 승리하도록 앞장서주는 것이 정치인으로서 내 역할이라고 말했다. 마지막으로 그는 피하고 싶었지만 받아들일 수밖에 없었던, 정치인으로서 자신의 운명을 이야기했다. 자신의 길이 아니라고 생각하고 도망치고 거부했지만 결국 받아들여 해낼 수밖에 없었던 정치인의 길을. 그러면서 내게도 거부할 수 있는 '운명'이 있을 수 있다고 말했다.

집에 돌아오는 차 안에서 남편이 읊조리듯 말했다.

"당신, 해도 되겠다. 운명인가 봐."

그날 밤 나는 더불어민주당 입당을 결심했다. 회사에 출근한 나는 가장 먼저 사장님과 전무님에게 그동안의 일과 내 결심을 말씀드렸다. 그분들은 깜짝 놀라셨다. 첫 번째 충격은 '왜 정치냐'는 것이었다. 그다음은 '왜 민주당이냐?'는 것이었다. 임원으로서 새로운 팀을 꾸려 신사업도 맡았던 양향자가 정치를, 그것도 민주당으로 간다니 회사로서는 충격 그 자체였다. 다른 직원들에게는 입당 날까지 비밀로 했다. 내가 꾸린 팀과 비서에게 제대로 인사도 하지 못하고 회사를 떠날 수밖에 없었다. 영입과 입당 자체가 절대 비밀로 이루어졌고 당에서도 극소수만 알게 진행되는 일이었기 때문에 어쩔 수 없었다. 다시 최재성 의원을 만나 입당에 필요한 절차를 진행했다.

2016년 1월 12일, 입당기자회견이 예정된 더불어민주당사 당대표실에는 수많은 기자가 모여 있었다. 내가 들어서자 일제히 카메라 플래시가 터졌다.

'사람이 온다'고 쓰인 커다란 현수막 앞 단상에 내가 섰을 때, 조용히 문 대표님이 옆으로 다가섰다. 나는 밤새 준비한 기자회견문을 읽어 내려갔다.

"이제 하나의 길모퉁이를 지나 이어진 다른 길을 바라봅니다. 지금 저는 가보지 않은 그 길에 첫걸음을 내딛습니다. (…)

저와 반도체가 함께 성장한 30년이었습니다. 우리 살아생전 반도체 기술로 일본을 이길 수 있으리라는 생각은 할 수 없었던 시절이 있었습니다. 그러나 우리는 의지로 기적을 만들어냈고, 자부심으로 마침표를 찍었습니다. 이제 기적 같은 변화와 성장이 제가 새로 몸담을 정치에서 벌어지기를 소원합니다. (…)

어제까지 제가 서 있던 반도체 공장을 떠나며 만감이 교차합니다. 입당 자리이지만 저에게는 반도체인으로서 작별의 자리이기도 합니다. 진심으로 감사했고, 고마웠고, 사랑한다고 말씀드립니다. 제가 떠나온 고향이 더 많은 국민께 사랑받을 수 있는 곳이 되도록 항상 노력하겠습니다. 자랑스러운 삶으로 국민 앞에 서겠습니다."

기자회견문을 읽어나가며 주체할 수 없이 눈물이 흘러내렸다. 그렇게 내 인생과 같았던 회사와 반도체와 이별하고 정치로 왔다. 정치인 양향자의 첫날이었다.

"양향자가 자랑스럽습니다"

"지금까지 영입인사 가운데 가장 자랑스럽고 의미 있는 분입니다.
양향자 상무는 학벌·지역·성별 등 우리 사회의 수많은 차별을 혁신하는 아이콘입니다.
고졸 출신의 여성이자 아이를 키우는 엄마로 삼성전자 상무에 오른 입지전적 인물입니다.
여상을 나와 연구 보조원으로, 맨밑바닥에서 시작해서 한 계단 한 계단 피나는 노력으로,
오로지 자기 발로 걸어서 삼성의 꽃이라는 임원까지 올랐습니다.
모든 월급쟁이, 고졸자, 직장맘의 희망이자 롤모델이 될 것입니다.
(…) 양향자 상무가 살아오면서 체화한 다양한 경험들이
불평등과 차별의 낡은 구조를 혁신하고
새로운 대한민국을 만드는 데 크게 기여할 것으로 생각합니다.
양향자 상무는 또한 최고의 반도체 설계전문가이기도 합니다.
우리 경제는 끊임없는 기술 혁신을 통해 신성장동력을 마련해야 합니다.
더민주가 유능한 경제정당으로 연구개발 분야 등 기술혁신 및
다양한 정책을 마련하는 데도 큰 역할을 할 것입니다."

– 2016년 1월, 문재인 더불어민주당대표
(양향자 입당 기자회견 중)

3부

꿈을 찾아 날아오르다

새로 태어난 '더불어민주당' 그리고 새로 태어난 나

갑작스러운 입당과 누구에게도 알리지 않았던 퇴사. 나를 알던 사람들은 그때 두 번 충격을 받았다고들 했다. 30년 동안 젊음을 바치며 내 삶과도 같았던 회사를 그만둔 것이 첫 번째 충격이었다. 나는 열아홉 살 때 삼성에 들어와 회사를 곧 집으로 삼아 성장해왔고 동료와 선배들을 형제자매처럼 여기며 살았다. 양향자에게 회사가 어떤 의미인지, 내가 회사와 반도체를 얼마나 사랑하는지 익히 알고 있던 이들에게 갑작스럽고 비밀스럽게 이뤄진 내 퇴사는 놀라움 자체였다. 두 번째 충격은 퇴사하고 뛰어든 곳이 정치권, 정당이라는 사실이었다.

쫓기듯 회사를 나와 전격 입당회견을 한 뒤 한참 동안 동료와 선후배들이 하나같이 내 상태를 걱정할 만큼 내 결정이 주는 충격은 컸고 내가 몸담게 된 '새정치민주연합'의 상황은 막막했다.

당시 문재인 대표는 당 혁신안을 강하게 추진 중이었다. 혁신안은 당의 구태를 타파하고 당원 중심으로 민주적이고 투명한 정당으로 체질을 개선하려는 계획이었다. 혁신안을 만들어가기 위해 각계 전문가들로 '당권재민혁신위원회'가 구성되었다. 혁신위가 당원들의 의견을 수렴해 제기한 당의 문제점은 공천제도의 불공정함, 불확실한 당의 정체성, 당내 소통의 부재, 책임성과 리더십 부족, 정책의 일관성 부족, 계파 분열과 대립, 후보의 경쟁력 취약 등이었다.

민주주의 제도하에서 정권을 잡기 위해 국민의 마음을 얻는 것이 정당의 목적이라고 우리는 배워왔다. 이 때문에 그 어떤 조직보다도 투명하고 민주적이어야 할 조직도 바로 정당이다. 하지만 그때까지 많은 정당, 집권 여당인 새누리당에 비해 상대적으로 진보적이라고 자부하던 민주당조차 의사결정이 불투명하게 이루어졌다. 당직 임명은 물론 총선과 지방선거에서 공천도 그랬다. 당의 주인인 당원은 배제되고 일부 기득권 정치인들이 당의 운명을 결정하고 정치인들은 계파에 따라 당직과 공천을 나눠먹기한 것이 사실이었다.

정도 차이는 있더라도 민주당 또한 그 구습에서 벗어나지 못하고 있었다. 민주당의 김한길 대표가 안철수 새정치연합 대표와

담판해 두 당을 합치고 공동대표를 맡은 과정 또한 대표적 구태 정치였다. 두 당 합당은 두 사람을 포함한 몇몇 정치인이 일방적으로 결정한 것이었다. 당시 합당 결정에 상처를 입은 많은 민주당 당원이 당적을 버리고 지도부 행보를 비판했다.

문재인 대표는 당대표로서 당원이 배제되는 의사결정은 다시 있어서는 안 된다는 책임감을 갖고 있었다. 완전한 시스템 정당, 당원 중심의 민주주의 정당으로 다시 태어나기를 원했다. 당원은 물론 국민과 소통하고 당의 의사결정 과정이 투명하며 당에 활력을 불어넣을 새로운 인재를 키우는 활력 있는 수권정당. 그런 정당으로 가는 비전을 담아낸 안이 바로 문재인 대표의 혁신안이었다. 혁신위원회는 10차에 걸쳐 세부 혁신안을 발표했다. 선출직 공직자 평가위원회를 만들어 임기 중 업적을 객관적으로 평가하고, 부패에 연루된 당직자는 퇴출하고, 계파갈등을 해소하고, 지역 분권적 정당을 만들고…… 당 내외의 의견을 받아 혁신안을 다듬어 발표했다. 그대로 실행만 된다면 구태와 기득권에서 벗어나 국민, 당원 중심의 새로운 정당이 탄생할 터였다.

하지만 반대 세력도 만만치 않았다. 전직 대표들과 호남지역 의원들 절대다수가 문재인 대표의 혁신안에 반대하며 대표를 흔들어댔다. 이들은 혁신안 이전에도 최고위원회의장에서 뛰쳐나가고 당무를 보이콧하는 등 문 대표 흔들기를 지속했다. 혁신안이 차곡차곡 구체화되자 흔들기는 더욱 거세졌다.

기억할 수도 없고 기억하고 싶지도 않은 말의 화살이 한 사람, 문재인 대표를 향해 날아들었다. 같은 당에 몸담은 사람들끼리 할 수 있는 말이라고는 생각되지 않는 참담한 언사들이었다. 문재인 대표 측을 계속 압박하던 안철수 전 대표는 본인의 혁신안과 혁신전당대회를 제시했다. 본인의 혁신안을 받고 새로 전당대회를 열어 문재인 대표의 신임까지 다시 묻자는 제안이었다. 그것을 받지 않으면 탈당하겠다는 발언도 서슴지 않았다.

하지만 문재인 대표는 놀랍게도 그것까지를 모두 받아들였다. 당헌, 당규를 수정하면서까지 안철수 전 대표의 혁신안을 받아들이겠다고 선언하며 당의 단합을 호소했다. 그런데 안 전 대표는 문 대표 제안을 또 거부했다. 안 전 대표의 혁신전대 제안, 문재인 대표의 수용, 안 전 대표의 거부가 일주일 사이에 벌어진 일이다. 문재인 대표가 어떤 조건을 받아들이든 파국으로 가기로 작정한 사람들이라는 것이 드러나는 상황이었다.

호남지역 의원들의 연쇄탈당도 이어졌다. 줄줄이 탈당 기자회견을 함으로써 뉴스 지분을 확보하고 문재인 대표를 압박하려는 기획 탈당이었다. 국회 기자실에서는 매일 탈당하는 의원들의 기자회견이 이어졌다.

바로 그때, 아니 아마도 한참 전부터 문재인 대표는 사람들을

문재인 대표의 도와달라는 말 한마디에 민주당에 입당한 '더벤져스'

만나고 있었다. 나를 비롯한 여러 사람을. 전 국정원 인사처장 김병기, 2012년 국정원 댓글 사건 수사를 보고 경찰에서 물러나 프로파일러로 활동 중이던 표창원, 박근혜 청와대 민정수석실에서 근무했지만 정윤회 게이트로 억울하게 물러나 재판을 받던 조응천, 게임회사 웹젠 대표로 벤처창업신화를 이룬 김병관, 세월호 변호사로 알려진 박주민, 세계적 디자인상을 수상하고 활발하게 활동 중이던 김빈 그리고 나 양향자 등이었다.

반대파들이 대표를 흔들고 혁신안을 무력화하려 독설을 퍼부을 때 문재인 대표는 최재성 의원과 조용히 각계의 사람들을 만났다. 어떤 자리를 주겠다거나 공천을 해줄 테니 국회의원을 하라는 것도 아니었다. 그냥 도와달라고, 함께하자고 했다.

조응천 의원은 청와대를 나온 뒤 재판을 받았고 2015년에는 아내와 함께 홍대 근처에서 횟집을 운영하고 있었다. 최재성 의원 등 문재인 대표 측근이 몇 번이나 그곳을 찾았고 처음에는 아무 말 없이 식사만 했다. 나중에는 문재인 대표도 찾아갔다. 얼굴을 익혀 친해지고 난 뒤 영입을 제안했다. 조응천 의원은 처음에는 완강하게 거절했다. 누명을 쓰고 쫓겨나 재판을 받고 온갖 루머에 시달리며 양복을 입고 일하면서 정치에 환멸을 느끼고 있었다. 하지만 아무 조건 없이, 보장 없이 그저 도와달라고, 함께하자고 부탁하는 문재인 대표 말에 넘어가고 말았다. 조응천 의원은 이렇게 회고했다.

"자신이 겪은 아픔을 다른 사람이 겪지 않도록 하는 게 우리가 할 정치 아니겠습니까?"

그 말이 결정적이었다고 한다.

"차라리 뭘 해줄 테니 같이하자고 했으면 거절하기 쉬웠을 거예요. 그런데 자꾸 찾아와서 술 한잔하자 하면서 무작정 같이하자는 데는 장사가 없더라고."

당시 영입된 사람들이 대체로 이와 비슷한 회고를 했다. 다들 문재인 대표의 간곡한 진정성에 끌려 인생을 바꿀 결정을 하고 당으로 들어왔다. 그리고 많은 이가 지금은 국회의원으로, 당직자로, 지역에서 더불어민주당의 일원으로 활동하고 있다.

반대파의 칼날 같은 비난이 쏟아질 때 문재인 대표는 조용히, 하지만 치밀하게 당의 미래를 준비했다. 더불어민주당에 없던, 새로운 배경과 경력, 사연을 지닌 사람들을 만나고 진심으로 호소하면서 당으로, 정치로 끌어들였다. 안철수, 박지원, 김한길, 김영환, 주승용……. 많은 의원이 하루하루 마치 순서라도 정한 듯 탈당할 때 우리는 입당했다.

12월 27일 표창원 소장을 첫 타자로 1월 3일에는 김병관 의장이 입당 기자회견을 했다. 1월 5일엔 이수현 전 6자회담 수석대표가 그리고 1월 12일에는 내가 눈물의 입당 기자회견을 했다. 그렇게 연쇄탈당이 있던 12월 말부터 1월과 2월 내내 입당이 이어졌다. 어느새 안철수 전 대표와 호남 의원들의 탈당은 먼 이야기가 되고 사람들은 문재인 대표가 영입한 새로운 사람들의 사연에 주목하기 시작했다.

"어떻게 저 사람이 민주당으로 갔지?"

문재인 영입인사로 불렸던 우리는 대부분 이런 의문이 들게 하는 다양한 경력과 경험을 지닌 신선한 인물이었다. 기존의 민주당에는 없던, 때로는 반대편에 섰던 사람들이었다.

당시 법 개정으로 이뤄낸 온라인 입당 또한 분위기 반전에 큰 역할을 했다. 그전까지 온라인을 통한 당원 가입은 불가능했다.

종이로 된 당원가입서에 자필로 신상명세를 적어 보내야 당원이 될 수 있었다. 정의당이 온라인 당원가입을 받았다지만 온라인으로 신청만 받고 다시 가입 절차를 거치는 완전하지 않은 온라인 당원 모집이었다. 더불어민주당은 온라인 시대, 디지털 시대에 뒤떨어진 제도를 바꾸려고 먼저 법을 개정했고 개정된 법을 바탕으로 '정당 사상 최초 온라인 당원 가입'을 시작했다.

문재인 대표와 혁신안을 향한 반대파의 무자비한 공격과 연쇄탈당 그리고 문재인 대표 영입 인사들의 계속된 입당은 온라인 입당의 방아쇠가 되었다. 12월 17일에 시작된 새정치민주연합의 온라인 입당은 하루 만에 2만여 명이 입당하며 화제를 불러왔고 연이은 영입인사들의 등장으로 탄력을 받아 10만 명을 돌파했다.

안철수 전 대표를 비롯한 반대파가 던졌던 가시 돋친 말의 전쟁, 문재인 대표의 숨통을 조이던 연쇄탈당은 어느새 옛이야기가 되고 온라인당원가입과 영입인사로 새정치민주연합은 새로운 당이 되어갔다. 명실상부한 온오프 네트워크 정당, 당원이 의사결정을 주도하는 투명한 민주 정당, 새로운 인물들로 활기가 넘치는 젊은 정당으로 체질을 바꿔가고 있었다. 그리고 1월 8일 당명 공모로 선정된 새 이름 '더불어민주당'으로 다시 태어났다.

그즈음 나를 포함해 문재인 대표가 영입한 사람들은 어느새 '더벤져스'라는 이름으로 불리게 되었다. 더불어민주당을 구할

2016년 1월 24일 문재인 영입 더불어콘서트 광주 편을 하기 전 5·18묘역을 참배했다.

슈퍼히어로 어벤져스. 우리는 그렇게 '더벤져스'라는 이름으로 전국을 돌며 토크 콘서트를 하고 신입당원들을 만나 우리 비전을 밝혔다. 새로 만든 당가에 맞춰 춤을 추고 노래를 하고, 각자 분야에서 열심히 살아온 이야기와 문재인 대표를 만난 이야기 그리고 더불어민주당 당원으로서 앞으로 무엇을 하고 싶은지를 밝혔다.

당원들의 기대와 응원은 상상 이상이었다. 참으로 많은 당원이 지역마다 열린 토크콘서트장을 찾아와 손을 잡고 눈물을 흘리며 우리를 맞이해주었다. 내 입당 기자회견을 보고 어릴 적 오빠들 학비를 대느라 공장에 가야만 했던 자신이 생각나 울었다는 어머니, 아이를 데리고 나를 만나러 온 젊은 워킹맘.

멀리서 눈을 마주친 뒤 수줍게 다가와 '우리 당에 잘 왔다'고, '문재인을 도와줘서 고맙다'고 하며 안아주는 사람들. 생전처음 만난 사람들이 그렇게 열정적으로 자기 이야기를 나누고 지지하고 응원하는 마음으로 손을 맞잡을 수 있다니 놀라운 일이었다. 식당에서 식사하다가, 차를 기다리다가 생전처음 보는 사람들의 인사를 받는 일이 늘어갔다.

"우리 대표님 도와줘서 고마워요."

"항상 응원할게요!"

더벤져스와 신입당원들과 함께하는 토크 콘서트가 횟수를 더해 갈수록 우리의 갈 길은 명확해졌다. '국민과 더불어 함께 가는 100년 정당이 되겠다'는 것이 우리의 비전이었다. 단기적으로는 눈앞으로 다가온 4·13 총선에서 다수 의석을 차지하고 대선에서 승리해 정권을 되찾는 것, 그래서 땅에 떨어진 민주주의와 정의, 공정을 회복하고 국민의 삶을 더 나은 방향으로 바꾸는 것이 우리 목표였다. 그 비전과 목표를 공유하며 나 역시 완전히 새로운 세계에서 출발점에 섰다. 입당 기자회견에서 눈물을 흘리며 이별한 '30년 반도체인 양향자'에서 '더불어민주당 당원 양향자'로.

4·13총선, 도전과 눈물

문재인 대표를 처음 만났을 때, 문 대표는 나에게 세 가지를 이야기했다. 호남, 여성 그리고 일자리.

2015년과 2016년 초에 우리 당과 문재인 대표를 향한 호남 분위기는 최악이었다. 호남은 민주당의 뿌리이자 민주주의의 성지로 당의 고향과도 같은 곳이었지만 당시 분위기는 최악의 최악을 달리고 있었다. 박지원 의원을 비롯한 문재인 대표 반대파들, 호남의 기존 정치인들이 만든 '호남홀대론'이 광주를 비롯한 호남 전 지역에 넓게 퍼져 있었다.

대부분 호남 지역구 의원들이 탈당하면서 그 논리를 더욱 부추겼다. 박지원 의원은 탈당하면서 '2012년 대선 때 문재인이(또는 친노가) 호남 냄새 난다며 못 오게 했다'는 막말을 남기고 떠났다. 노무현 대통령 시절 호남 출신 인사들을 요직에 적극 기용했다는 사실 그리고 호남홀대론이 얼마나 새빨간 거짓말인지 알 수 있는 근거자료들을 아무리 제시해도 소용없었다. 거짓말을 여러 번, 아주 질리도록 반복하면 정말처럼 보이게 되는지, 반복된 음해와 거짓은 오해를 낳고 오해는 사실로 굳어갔다.

또 하나, 민주당의 약점은 '여성'이었다. 2012년 대선에서 문재인 후보는 여성 표에서 박근혜 후보에게 큰 차이로 뒤졌다. 여성표 3% 차이는 결정적이었다. 각종 여론조사와 포커스 그룹 인터뷰에서도 여성층 지지세는 늘 약했다. 특히 40대와 50대 주부층의 비호감도가 높았다. 총선은 물론 다가올 대선을 위해서도 여성 지지율을 끌어올리는 것이 시급했다.

광주와 호남의 미래 또한 암담했다. 광주는 전남 최대 도시지만 일자리 부족과 산업시설 낙후, 지역 기업들의 연쇄적 경영악화로 어려움을 겪고 있었다. 도심은 공동화되고 소비시설에만 사람들이 몰렸다. 20대와 30대는 광주전남에서 일자리를 구하지 못하고 수도권으로, 다른 대도시로 쫓기듯 몰려나는 형국이었다.

그렇게 어려운 상황에서 나를 만난 문재인 대표는 당이 직면한 세 가지 어려움, 즉 호남, 여성, 일자리(산업) 세 가지를 나에게 이야기했다. 호남을 보듬고 여성을 끌어들이고 호남과 광주의 일자리, 미래 먹거리의 비전을 제시하는 것이 정치인 양향자로서 내가 할 수 있는 일이라고 강조했다. 세 가지 중 어느 것 하나 녹록한 것이 없었다. 특히 우리 당에 대한, 문재인에 대한 호남의 비호감을 극복하는 것은 '과연 가능이나 할까?' 의문이 들 만큼 막막한 일이었다.

총선이 하루하루 다가오고 문재인 대표 영입인사들이 어느 지역으로 가느냐, 누가 비례대표로 가느냐가 정치권의 이목을 끌었다. 나는 총선에 나가야 한다면 당연히 광주, 호남이어야 한다고 생각했다. 당 안팎에서 나에 대한 의견은 둘로 갈렸다. '여성이고 호남의 상징성이 있으니 비례대표를 가야 한다'고 조언하는 이들도 많았다. 애초에 으레 그런 조건을 걸고 왔을 거라 믿고 나에게 '비례 몇 번을 약속 받았느냐'고 물어보는 사람들도 있었다. 나를 은근히 경쟁자로 생각하는 인사들은 짐짓 우려스러운 태도로 '양향자가 호남에 출마하지 않으면 문재인이 호남을 포기했다고 생각할 거다'라고도 말했다.

하지만 누가 뭐라든 나는 비례대표로는 갈 생각이 전혀 없었다. 분명한 이유와 목적을 갖고 영입되었으니 정해지는 자리로 가서는 안 된다고 생각했다. 영입된 목적에 맞게 내가 도전해야 하는 곳으로 가는 것이 당연하다고 생각했다. 나에게는 그곳이 바로 호남이었다. 너무도 당연하고 명백했다. 어렵고 힘들겠지만 그리고 실패할 수도 있지만 내 뿌리이고 우리 당의 뿌리인 그곳에 가서 부딪칠 때, 정치로 들어온 내 가치를 증명할 수 있을 거라고 믿었다. 최재성 의원의 생각 또한 같았다.

"비례를 하려면 삼성에서 임원하는 게 훨씬 낫습니다."

최 의원은 특유의 목소리로 단호하게 말했다.

"양 상무님, 뭐가 되고 싶으세요? 국회의원 양향자가 아니라 리더 양향자가 되려면 지역에 출마해야 합니다."

그즈음 문재인 대표 또한 늘 이런 말을 했다.

"멀리 보고 담대하게 갑시다."

이 말을 들을 때마다, 그 말을 하는 문재인 대표를 볼 때마다 가슴이 쿵쿵 뛰었다. 내가 정치에서 어디까지 멀리 갈 수 있을까? 얼마만큼 담대해질 수 있을까? 문재인 대표의 말처럼 내가 멀리 보고 담대해지는 것으로 변화되는 사람이 있을지도 모른다는 생각을 했다. 내가 도전하는 만큼 도움을 받는 사람들이 있으면 좋겠다는 상상을 했다. 아이를 키우고 직장에 다니느라 삶에 찌들어 있는 엄마들, 유리천장을 부수려고 열심히 일하는 여성들, 지역차별, 학력차별, 어쩔 수 없는 '결핍'과 '다름' 때문에 차별받는 사람들이 나를 보고 자신감을 가질 수 있다면, 그럴 수만 있다면 도전해야 한다고 다짐했다.

광주 출마로 마음을 정하고 지역을 탐색했다. 모두 어려운 지역이었다. 민주당 출신으로 호남에서 다선을 점한 의원들에 대한 교체 요구는 높았지만 당시 우리 당과 문재인 대표에 대한 전반적 분위기를 감안하면 광주는 어느 한 지역도 가능성이 보이지 않았다. 몇몇 언론에서는 그런 분위기를 '반문정서'라고까지 했다. 호남 다선 의원들에 대한 피로감은 분명 있지만 이른바 '반문정서'가 그것을 뛰어넘는다는 진단이었다.

여러 조언자가 광주의 몇 개 구를 제안했지만 모두 우리 당 후보들이 오랫동안 준비했거나 경쟁하는 곳이었다. 당의 선배로서 지역에서 교류하며 준비해온 예비후보들에게 상처를 주고 싶지 않았다. 우리 당 예비후보가 있는 곳은 안 가겠다고 했다. 비례도 안 받는다, 우리 당 후보가 있는 곳은 안 간다. 그럼 남은 선택지는 딱 하나였다.

광주 서구을.

2015년 5월 재보선에서 천정배 후보가 무소속으로 나와 당선된 곳이었다. 당시 문재인 대표도 사력을 다해 지원했지만 호남의 3대 천재로 불리며 3선 의원과 장관을 지낸 천정배를 이길 수 없었다. 내가 갈 곳은 당시 국민의당 대표를 맡고 있던 천정배 의원이 버티고 있는 서구을밖에 없었다. 여론조사에서는 58:19가 나왔다. 세 배 차이로 천정배가 압도하는 결과였다.

막막했지만 지고 싶지 않았다. 이왕 시작한 일, 결과를 보고 싶었다. 글로벌기업 임원으로서 어느 정도 보장된 삶을 버리고 들

정청래 전 의원이 선거사무소 개소식에 참석해 힘을 실어주었다.

어선 길인데 보장받지는 못하더라도 시작부터 속절없이 진다면? 하지만 다른 선택을 할 수도, 그럴 여지도 없었다. 호남은 우리 당 누구에게나 어려운 지역이었기에 더욱 그랬다.

마음을 굳게 먹고 광주로 내려갔다. 난생처음 파란 유세용 점 퍼를 입고 어깨띠를 두르고 사진과 이름이 크게 들어간 명함을 찍었다. 선거 구호는 '일자리! 양향자-3조 원 투자유치! 2만 개 일자리 창출!'이었다. 낙후된 광주를 젊은이들이 일하며 살아가 는 생명력 있는 도시로 만들겠다는 약속이었다. 비록 여론조사상 으로는 세 배를 뒤졌지만 나를 돕기 위해 모인 캠프 팀원의 사기 는 높았다. 개소식도 열심히 준비해 인파로 가득 찼다. 더벤져스

콘서트 때 만났던 당원들도 멀리서 나를 응원하러 왔나. 정신없이 인사를 나누던 중 누군가의 한마디가 머리에 와서 콕 박혔다.

"이 분위기에서 천정배를 상대하다니 최악을 받았군."

최악의 지역. '아 그런가, 그렇지' 싶었다. 그날 밤, 자리에 누워서도 그 말이 머릿속에서 맴돌며 떠나지 않았다. 그런 말을 들을수록, 더 이기고 싶은 마음이 불타올랐다. 모두 포기한 프로젝트를 떠맡아 성과를 냈던 것처럼, 아무도 손대지 않는 신사업을 보란 듯이 시도했던 것처럼, 그렇게 도전해서 이기고 싶어졌다.

선거는 체력과 감정을 온전히 쏟아 부어 임하는 작은 전쟁이다. 내가 경험한 4·13은 그랬다. 새벽같이 일어나 아침인사를 돌고 내가 누구인지, 어떤 사람인지를 알리는 일은 참으로 특별한 경험이었다.

"안녕하십니까! 양향자입니다! 반도체에 바친 30년을 뒤로하고 이제 서구을에 저를 바치기 위해 여기에 왔습니다!"

"안녕하십니까! 더불어민주당 양향자입니다! 기호 2번! 광주의 일자리를 만들 사람! 저 양향자를 찍어주십시오!"

생전처음 만나는 수많은 사람 앞에서 목이 터져라 나를 알리고 내가 누구인지, 왜 여기 왔는지, 무엇을 하려는지 설득하는 것이 선거운동의 기본이다. 처음 명함을 들고 거리로 나갔을 때는 손이 떨릴 지경이었다. 대부분 명함은 받아주지만 때로는 거절하거나 손을 툭 치고 가는 사람들도 있었다. 그럴 때면 다리에 힘이 쭉 빠지고 서러운 기분도 들었다. 국민의당은 당 차원에서 계속 호남홀대론과 반문정서를 언급하며 호남과 문재인, 호남과 더불어민주당을 갈라놓으려 했다. 구전으로, 카톡으로 말도 안 되는 유언비어와 흑색선전이 판을 쳤다.

'호남홀대의 주범 문재인이 고른 양향자를 찍으면 호남이 다시 차별받는다.'

이것이 그들의 주된 논리였다. 노인정의 어르신들을 만나 손을 잡고 설득하는데 뜬금없이 "문재인이 호남 사람 차별한다! 내가 다 들었다!"면서 호통을 치는 분들을 만나기도 했다. 아무리 말로 설득하고 아니라고 증거를 대봐야 소용없었다. 어떤 때는 30분 넘게 호통을 치는 어르신 말을 듣고만 있기도 했다. 말로 설득이 안 된다면, 이렇게 들어주는 것만으로도 누그러지지 않을까 싶어서였다. 두 손을 모으고 눈을 바라보면서 정말 지칠 때까지 듣기만 했다.

"네, 어르신 속상하시죠. 저희가 잘하겠습니다."

한참 고개를 끄덕이며 듣고 있으려니 처음에는 고래고래 소리를 지르시던 어르신 표정이 풀리고 목소리도 한결 잦아들었다.

"지비 하는 것만 봐서는 찍어주고 싶지마능, 이번에는 아니여. 문재인이 제대로 할 때까지는 안 돼. 그 대신 다음에 나와. 그때

유권자들을 만나 눈을 맞추며 그들 얘기에 귀를 기울였다.

는 한 번 찍어주꾸마."

"네, 화 푸시고 다음에는 꼭 도와주세요."

거의 울먹이며 대답하고 자리를 떴다.

그런 와중에도 뚜벅뚜벅 천정배 후보를 따라잡았다. 처음에는 세 배 차이였는데 선거운동 중반을 지나자 40:30까지 따라잡았다. 10%포인트 차이. 결정적 모멘텀이 필요했다.

4·13 총선. 호남에 출마한 후보들의 최대 이슈는 호남에 불어닥친 호남홀대론과 국민의당의 바람을 어떻게 극복할 것인가와 총선 지휘를 김종인 대표에게 맡기고 물러난 문재인 전 대표의 호남 지원유세 여부였다. 후보들 사이에서도 의견이 갈렸다.

"지금 분위기에서는 도움이 안 되니 오시지 않는 게 좋겠다."

"어려울 때 와서 부딪쳐야 되지 않겠나?"

"당장 표에 도움 안 된다. 괜히 오셨다가 사고라도 나면……."

당시 김종인 대표와 지도부에서도 호남행을 반대했다. 표심에 도움이 안 된다는 이유였다. 대다수 호남지역 출마자도, 우리 캠프에서도 문 전 대표의 지원유세는 없는 걸로 기정사실화했다. 인간적 관계를 떠나 현실적으로 도움이 안 된다는 논리였다. 하지만 나는 문재인 대표가 오시기를 바랐다. 아니, 꼭 오셨으면 좋겠다고 거듭 이야기했다.

호남이 어렵다? 그렇다면 더욱 와야 한다고 생각했다. 직접 와서 사람들 손을 잡으면 달라질 수 있다고 믿었다. 호남홀대가 거짓이라고 아무리 설명하고 증거를 대도 못 믿는다면, 그 음해의 당사자가 와서 만난다면 달라질 수 있다고 믿었다. 문재인 대표의 호남 방문을 타진할 때 기사가 났다. '광주 서구을에 출마한 양향자가 유세차에서 문재인 대표 등장 장면을 자르라고 했다'는 요지의 거짓말이었다. 어이가 없었다.

바로 며칠 전 그 기자와 풍암저수지를 걸으며 인터뷰를 했다. 기자가 물었다.

"반문정서는 어때요? 좀 괜찮은가요?"

"열심히 하고 있어요. 하지만 어떤 사람들은 제 유세차에서 문재인 대표가 나오는 영상 부분을 삭제하라고까지 하세요."

이 대화가 왜곡되어 '내가 문 대표가 나오는 영상을 자르라고' 지시한 것으로 중앙일보에 나왔다. 너무도 터무니없고 과감한 왜곡이었다. 처음으로 언론에 실망한 순간이었다. 어떻게 기자가, 언론인이 이럴 수 있는지 깜짝 놀랐다. 분명히 내 눈을 보고 내 목소리를 들었던 사람이 내가 하지도 않은 말을 기사로 써서 내다니. 분노가 치밀어 올랐고 곧장 걱정이 되었다.

"대표님이 이걸 보시면 얼마나 서운해하실까? 아니야, 믿지 않으실 거야."

곧장 서울로 연락했다.

"대표님, 오보입니다. 바로 오세요. 오셔서 저 좀 도와주세요."

가슴이 터질 것같이 답답해서 견딜 수 없었다. 유세차를 타고 유튜브 라이브를 했다. 그리고 외쳤다. '광주 서구을에서 양향자가 문재인을 기다린다고, 와서 광주와 호남을 만나고 도와주시라고.' 완전히 잠긴 줄 알았던 목이 그때 터졌다. 그건 유세도, 연설도 아니었다. 그저 마구 소리를 질렀다. 그렇게 생중계로 사람들에게 보여주고 들려주고 싶었다.

'다른 사람도 아닌 양향자가, 문재인에 이끌려 정치로 들어왔는데 당장 앞일에 눈이 멀어 문 대표를 멀리하는 그런 비겁한 사람이 아니라고.'

4·13 총선 지원 유세를 하러 광주에 온 문재인 대표

그러나 캠프는 계속 걱정하고 반대했다. 아무리 후보 마음이 그렇다고 해도 문재인 후보가 이 시점에 오는 것은 도움이 안 될 수 있다는 의견이었다. 당장 그때, 그 시점만 보면 그렇게 생각할 수도 있었지만 나는 그런 것을 따지고 싶지 않았다. 무엇보다 내 몸과 마음이 가장 힘든 시기였고 유리하든 불리하든 무조건 문재인 대표님을 만나고 싶었다. 그분을 만나서 목소리를 듣고 힘을 얻고 싶었다.

그런 곡절 끝에 다가온 4월 12일. 선거를 하루 앞두고 문재인 대표가 광주에 왔다. 반문정서? 호남홀대? 그런 말을 퍼뜨리고 다녔던 사람들이 보란 듯 풍금사거리가 사람들로 미어터졌다. 문재인 대표를 보고 만지고 사진을 찍으려는 광주 사람들로 골목이 가득 찼다. 건물 창문에도, 지나가던 오토바이에도, 계단과 상점 진열대 위까지 사람들이 올라가 조금이라도 더 문재인을 보려고 했다. 거리는 사람들로 터져나갔고 내 눈물샘도 터져버렸다.

"나는 문재인이여! 항상 그랬당게!"

"문재인 힘내라! 양향자도 힘내고!"

문재인 대표가 가는 곳마다 마치 동화 속 '피리 부는 사나이'를 따라다니는 사람들처럼 광주시민들이 몰려들었다. 온라인의 반응도 뜨거웠다. 그날 이후 '반문정서'란 '반가워요 문재인 정서'라는 우스갯소리도 회자되었다. 마치 개선장군 같은 모습으로 그렇게 문재인이 광주 한복판에 섰다.

문재인 대표는 유세차에 올라 내 손을 잡고 번쩍 들었다.

"우리 양향자 후보, 이번에 꼭 도와주십시오. 그러나 광주에만 묶어두지 마십시오. 양향자는 큰 정치인으로 평생 저와 같이 갈 사람입니다!"

그동안의 피로가, 힘들었던 시간들이 그 한마디에 사라지고 다시 힘을 얻는 순간이었다. 거리유세 몇 번에, 무안을 좀 당했다고 힘들다고 했던 나 자신이 부끄러웠다. 나보다 더한 모욕과 거짓 보도를 이겨내고, 만류에도 불구하고 여기 와준 저 사람이 있는데. 다른 선거구 후보들도 그 자리에 왔다. 대부분 문재인 대표가 호남에 오는 것에 반대했던 이들이었다.

야속했지만 한편으로는 다행이다 싶었다. '저분들도 봤겠지. 호남홀대, 반문정서가 실체가 없는 허깨비 같은 것이라는 걸.' 그것만으로도 문재인 대표와 함께한 이 자리가 소중하고 감사했다.

지금도 사람들이 묻는다. 왜 비례대표를 받지 않았냐고. 구체적인 예를 들어가면서 묻는 이들도 있다. 이러저러한 지역들로 가면 승산이 높았을 텐데 왜 그리로 가지 않았느냐고. 대놓고 나에게 바보 같고 나이브하다고 하는 사람들도 있다. 전략공천을 받을 수 있었는데 정치를 잘 몰라서 서툴게 결정했다고. 그래서 갈 수 있는 자리도 못 차지하고 사서 고생한다고. 정말로 그랬을지도 모르겠다. 더 고집을 부려서, 조금 더 나만 생각하면서 우겼다면 2016년에 국회의원이 되었을지도 모른다. 하지만 그게 뭐가 중요한가?

정치는 처음이었지만 글로벌 대기업에서 사회경험은 30년이었다. 정치는 모를 수 있지만 세상 사는 데 기본적인 염치와 금도는 기업과 정치가 다를 게 없다고 생각한다. 여러 사람이 말하는 많은 지역, 거기에는 이미 오래전부터 선거운동을 해온 우리 당 소속 예비후보들이 있었다. 호남과 여성, 고졸 출신이라는 상징성을 갖고 어려운 이들을 보듬겠다고 정치에 들어온 사람이 점령군처럼 누군가에게 아픔을 준다면 그런 모순이 어디 있겠는가.

조금 손해 보더라도, 당장 이뤄지지 않더라도 누구에게도 아픔을 주지 않고 명분 있는 길을 가자는 것이 내 생각이었다. 보장된 길을 버리고 어차피 도전하러 나선 길, 이제 와서 유·불리를 잰다는 것이 얼마나 비루한 일인가.

　그래서 서구을이었다. 천정배 후보와 맞붙고 싶은 마음도 컸다. 어차피 어려운 길이라면 최고로 강한 상대에 도전해서 최선을 다해보자. 이기면 감사한 일이고 져도 잃을 것이 없었다. 도전했다는 자체로 의미가 있다고 생각했다. 지역의 유력인사인 천 후보에 대한 반감도 크게 좌우했다. 화려하게 정치생활을 했고 노무현 대통령 시절 장관도 지냈지만 그의 정치가 무엇인지 알 수 없었다. 그는 '호남정치의 복원'을 주장했지만 국민의당에서 주장하는 호남정치는 호남지역주의일 뿐이었다. 그래서 더더욱 상대해보고 싶었다. 천정배는 거물이고 유명하지만 명분이 없고 나는 신인이지만 명분 있는 새 시대 사람이라는 자신감도 있었다.

　나는 문재인 대표가 직접 영입한 사람이라는 생각도 중요한 순간 내 결정을 좌우했다. 정말 고민될 때는 이런 생각을 했다.

　'대표님이라면 어떻게 하셨을까?'

　그렇게 생각하면 답이 나왔다. 명분 있게, 국민이 나를 부른 뜻을 생각하면서 정면으로, 힘든 길을 자처하며 진실되게 최선을 다하는 것. 그리고 그가 했던 말을 생각했다.

"양 상무님, 우리는 멀리 보고 담대하게 갑시다."

그렇게 4·13 총선을 치렀고 나는 졌다. 투표 직전 여론조사에서 천정배 후보를 3%까지 따라잡은 상태였다. 표차는 1만 7,000여 표. 마지막 유세 직후 캠프 전원이 탈진할 정도로 힘을 쏟았고 점차 분위기가 바뀌는 것도 느낄 수 있었다. 후회 없이 온 힘을 쏟았고 선전했지만 결과는 명백한 패배였다.

개표방송을 보는 내내 굵은 눈물이 줄줄 흘러내렸다. 광주 지도 전체가 녹색으로 물들어가는 것을 보며 나의 패배보다 광주를 잃었다는 것에 마음이 아파 울었다. 더불어민주당은 광주에서 단 한 석도 얻지 못했다. 국민의당은 광주를 중심으로 호남 전역을 석권하며 돌풍을 일으켰다. 그러나 전국적으로는 달랐다. 새누리당이 과반인 180석을 넘을 거라던 정치평론가들의 예상이 무색하게 더불어민주당은 123석을 차지하며 1당으로 올라섰다. 호남, 광주를 잃은 반면 전국적으로 얻어낸 놀랍고도 마음 아픈 승리였다.

여성 3%를 책임지겠습니다!

정치에서 패배에는 절차와 형식이 있다. 질 때 지더라도 어떤 모양새로 지느냐가 중요하다. 형식에 따라 패배를 인정하고 알리고 퇴장하는 절차가 필요하다. 그것은 때로 승리하는 것만큼이나 중요하다.

패배가 확정되고 정신을 차릴 새도 없이 패배 절차를 차곡차곡 진행해야 했다. 당선된 천정배 후보에게 축하 메시지를 보내고, 언론을 향해서는 결과에 승복하는 메시지를 냈다. 한 달여 동안 가족처럼, 내 일처럼 뛰어준 캠프 식구들과도 껴안고 감사를 나눴다. 낙선 현수막을 걸고 지역 주민들에게 낙선 인사도 해야 했다. 양향자를 선택해달라며 외치고 호소하던 그 길과 가게들, 시장 골목을 낙선 인사를 하러 다시 돌았다. 눈물을 참고 웃어 보이면서. 그러나 어쩔 수 없이 눈물이 나오는 순간도 있었다.

"이번에는 내가 못 찍었어. 다음번에 또 나와, 응?"

이렇게 말씀하시며 진심으로 눈물 짓는 팔순 할머니가 계셨다. 나무뿌리 같은 손으로 내 손을 꽉 잡아주시는 그 할머니 앞에서는 울 수밖에 없었다.

지금 돌아봐도 참 신기한 일이, '이번에는 못 찍었지만 다음에는 꼭 찍어주겠다'는 분들이 정말 많았다. 내가 낙선해서 내가 미안하고 고마운 일인데 나를 보며 도리어 미안하다고들 하셨다. '이번에 못 도와줘서 미안하다'고. 그런 분들을 만날 때마다 눈물이 보일까 봐 선거운동을 할 때보다 더 깊이, 허리를 숙였다.

당선된 더벤져스 동료들과 선배 의원들에게도 축하인사를 전했다. 서로 한번 전화를 걸면 축하와 위로의 말을 나누고 선거운동 에피소드를 이야기하느라 통화가 길게 이어졌다. 목이 쉬도록 이야기를 나누고 서로 위로하고 축하하면서 힘들었던 시간을 털어버렸는지도 모르겠다.

그리고 더불어민주당 당원인 양향자의 원래 생활로 돌아왔다. 잠시 멈춰두었던 박사과정 공부도 다시 시작했다. 선거가 끝나고 일주일 만이었다. 남편도, 아이들도 좀 쉬라고 했지만 이렇게 다시 돌아가는 게 내 스타일이다. 힘든 생각에 오래 빠져 있지 않고 빨리 복구하는 것. 원하는 일이 이루어지지 않거나 사람에 실망하더라도 그 감정에 오래 빠져 있지 않는 것이 나 스스로도 다행스럽게 생각하는 내 장점이다. 5월부터는 강연 요청이 들어오기 시작했다. 고등학교와 대학교, 단체에서 내 경험을 듣고 싶어 했다. 강연이 끝나면 이메일도 많이 받았다. 직장생활에서 비전, 결혼과 출산, 일을 어떻게 함께해나갈지에 대한 고민, 유리천장에 막혀 승진이 좌절된 사연 등. 강연 후 받는 메일에 답을 해주는 것도 보람된 일이었다. 모교인 광주여상을 비롯해 부산, 광주, 강원도, 경기도 등 요청이 들어오는 대로 강연을 다녔다.

강연할 학교와 단체의 배경을 조사해 강연자료도 매번 다르게 만들었다. 듣는 이들의 상황과 연령이 다른 만큼, 같은 내용을 반복해 전할 수는 없었다. 대학생, 고등학생은 내 이야기 중 아버지가 돌아가실 때 나눴던 이야기를 가장 감명 깊게 들었다고 했다. 아버지가 나에게 가족을 부탁하시고 나는 그 앞에서 '내가 알아서 할게'라고 했던 이야기를. 나는 그 이야기를 하며 여학생들에게 성역할에 얽매이지 말고 뭐든 먼저 '하겠다'고 말하라고 한다.

"여자라서, 어려서, 잘 몰라서 주저하지 말고 일단 '내가 하겠다'고 하세요. 스스로 열심히 하는 모습을 보일 때 누구든 돕는 사람이 생깁니다."

강연에서 돌아와 컴퓨터를 켜면 "오늘 강연 들었던 ○○여고의 ○○○입니다"로 시작하는 이메일이 쌓여 있었다. 모든 메일에 답을 했고 아무리 피곤해도 강연 요청은 마다하지 않았다. 노트북을 들고 전국을 돌아다녔다. 젊고, 가능성 있는 여성들에게 내 이야기를 들려주고 그들의 생각과 고민을 나누며 옛날로 돌아갈 수 있었다. 열아홉 살 촌뜨기 양향자, 삼성에서 보낸 나날들, 나와 함께했던 사람들과 내가 사랑한 일 그리고 문재인 대표와의 만남과 도전. 그런 것들을 이야기하면서 나 스스로를 돌아보고 마음을 치유하는 과정이 바로 강연이었다.

그즈음 우상호 원내대표의 전화를 받았다.

"양 상무님, 저 좀 만나셔야겠습니다."

입당했을 때 따뜻하게 환영해준 우상호 원내대표. 오랜만에 마주한 자리에서 우상호 원내대표는 나에게 한 가지 제안을 했다. '원내대표 비서실장, 호남특보를 해달라'고. 총선에서 호남전패를 극복하기 위해 원내대표로서 호남에 메시지를 주는 차원에서 나와 함께하고 싶다는 말이었다. 안정된 자리를 맡아 정치를 배우고 원내외와 소통하면서 호남, 여성의 상징성으로 할 수 있는 일이 많을 것이라고 했다. 예상치 못한 제안에 생각해보겠다고 했지만 끌리지 않았다. 너무도 감사한 배려였지만 주어지는 자리에서 내가 어떤 일을 할 수 있을지 확신이 들지 않았다.

나를 아끼는 사람들, 정치 선배들은 '왜 하지 않느냐'며 나를 책망했다. '정무직 1급 자리이고 너무도 좋은 기회인데, 받아들이는 것이 좋을 것'이라고 했다. 우상호 원내대표에게 다시 연락해 정중히 거절했다.

얼마 뒤 전화를 또 한 통 받았다. 정세균 국회의장이었다. 역시 입당했을 때 따뜻하게 맞아주고 총선 때도 많은 응원을 해주신 고마운 분이었다. 한 식당에서 마주 앉은 나에게 의장님은 또 하나의 예상치 못한 제안을 하셨다.

"양 상무, 나하고 일해보는 건 어때요? 국회의장 공보수석을 맡아서 국회대변인으로 일해줬으면 합니다."

전북 출신인 정세균 의장은 국회의장, 전남 출신인 우윤근 전 의원은 국회 사무총장 그리고 광주의 양향자가 국회대변인을 하면 국회가 호남을 챙긴다는 확실한 사인을 줄 수 있을 거라는 제안이었다. 역시 전혀 생각지 못한 엄청난 제안이었다.

"정치는 명분만 있어도 안 되고, 실리만 있으면 비난받는 일입니다. 하지만 이 일은 명분과 실리가 다 있는 일이에요. 양 상무의 자질로 호남을 특별히 챙기는 일입니다."

단순히 나에 대한 배려가 아니라 호남에 대한 메시지, 상징 역할로 직을 제안하는 것이었다. 충분히 명분 있는 일이기도 했다.

"의장님, 정말 감사합니다. 저를 그 자리에 생각해주셔서도 감사하고 좋은 말씀을 해주셔서도 감사합니다. 생각해보겠습니다."

집에 돌아와 자리에 누웠지만 잠이 오지 않았다. 새벽에 몇 번이나 벌떡 일어나 생각하고 또 생각했다. 너무도 좋은 제안, 명분 있는 제안. 그러나 과연 내가 잘할 수 있는 일인지가 문제였다. '주어지는 자리라면 내가 아니라도 된다'는 결론에 도달했다. 며칠 고민하다가 의장님께 거절의 말씀을 드렸다.

오랫동안 따뜻하게 제안해주셨는데 죄송스러웠지만 내 일이 아니라는 데는 변함이 없었다.

그렇게 감사하고 과분한 두 제안을 거절하고 나니 마음속에 의문이 일어났다.

'그렇다면 이제 정치인으로서 양향자는 무엇을 할 것인가?'

2016년은 더불어민주당에 아주 중요한 분기점이 되는 한 해였다. 창당 60주년이 되는 해였고 4월 총선이 있었다. 모든 정치평론가들이 새누리당의 압도적 우세를 전망했던 그 총선에서 더불어민주당은 1당이 되었다. 새누리당 텃밭이었던 PK지역에서 많은 의석을 차지한 반면 호남에서는 국민의당 바람으로 단 한 석밖에 얻지 못했다. 그런 결과는 지역주의의 균열을 의미했다. 김대중 대통령이 그렇게나 오래 고통받았던 지역주의, 노무현 대통령이 그렇게나 깨고 싶어 했던 지역주의의 단단한 벽이 4·13 총선을 계기로 무너지기 시작했다. 그것은 나의 패배와 눈물도 함께한 결과였다.

7월 말에는 전당대회가 예정되어 있었다. 총선을 위한 비상체

제였던 김종인 대표 체제를 마무리하고 전당대회를 열어 새로운 당대표와 최고위원, 지도부를 선출해야 했다. 나는 전당대회준비위원회의 일원으로 참여하게 되었다. 7월 전당대회는 이전과 완전히 다른 환경에서 열리는 중요한 이벤트였다. 일단 당원들이 달라졌다. 2015년 말부터 가능해진 온라인 당원가입으로 젊은 세대가 당원으로 가입했다. 대부분 이전에 정당활동을 해본 경험이 없는 30대와 40대 직장인이었다.

여성 당원도 많이 늘어났다. 대부분 문재인 대표의 혁신안에 반발한 의원들이 탈당할 때 들어온 당원들이었다. 그리고 그들은 당과 지역활동에 적극적이었다. 권리당원의 추천을 받아 대의원이 되기 위해 온라인에서 지역당원을 찾기도 했다. 지역 유지나 지역위원장과 친분으로 대의원이 되었던 기존 관행을 깨는 신선한 바람이 당에 불어오고 있었다.

7월 전당대회에서 선출될 지도부 역할 또한 중요했다. 새 당대표와 지도부는 다가올 대선을 지휘할 지도부였다. 세대별, 성별, 지역별로 상징성과 영향력이 있고 대선 선거운동에서 전국을 아우를 역량을 갖춘 지도부가 필요했다.

전당대회준비위원회에 참여해 여러 의견을 들으면 들을수록 내가 기여할 수 있는 일이라는 생각이 들었다. '비록 현역의원은 아니지만 호남, 여성 그리고 차별받는 소수를 위하는 상징성을 갖고 나도 할 수 있는 일이 있을 것'이라는 생각이 들었다. 하지만 현역의원이 아닌 상태에서 전당대회에 도전하는 것은 어려운 일이었다. 인력도 기반도 없이 무얼 할 수 있을까? 당연직으로 여성최고위원을 나에게 줄지도 모른다는 말도 들려왔다. 그것은 아니라고 생각했다. 주어지는 자리로 할 수 있는 일은 한계가 있을 터. 어떤 사람들은 아예 권역별 최고위원을 해보라고 했다. 하지만 대선은 전국 선거이고 여성도 전국에 있었다.

전국여성위원장 겸 최고위원.

문재인 대표의 혁신안으로 확정된 지도부 중 하나였다. 이것이 내가 할 수 있는 일이 아닐까. 최재성 의원에게 상담을 청했다. 최 의원은 흔쾌히 도전해보라고 했다.

그러나 상대가 너무 막강했다. 내가 경쟁해야 할 사람은 재선의 유은혜 의원이었다. 20대부터 학생운동에 투신해 당직을 두루 거친 후 일산에서 재선하고 당 대변인도 지낸 유능한 유은혜 의원. 따뜻한 미소와 좋은 매너, 차분한 브리핑으로 당 안에서 압도적 신망을 얻고 있는 유은혜 의원과 경쟁해야 했다. 유 의원은 입당했을 때도 누구보다 살갑게 챙겨주며 정당생활의 이모저모를 알려주었다. 능력 면에서도, 인간적인 면에서도 경쟁자로 만나기 싫은 사람. 그저 잘 지내고 싶은 사람이었다.

여론조사 결과도 유은혜 의원이 압도적이었다. 일단 당 생활을 오래해 인지도가 나와는 비교할 수 없었고 현역의원이라는 유리함도 있었다. 상대적으로 나는 완전한 정치신인, 게다가 현역도 아닌 신인이었다. 나를 아끼는 정치 선배들, 동기들은 무모한 일이라며 만류했다. 당선이 될 리도 없거니와 만약 된다고 하더라도 현역의원이 아니라 너무도 힘든 일일 거라고들 했다.

"알고 있어요. 아는데 내가 잘할 수 있는 역할이라고 생각하니까 도전해보고 싶어요."

최재성 의원과 함께 전당대회를 위한 팀을 꾸렸다. 홍보, 온라인 홍보, 공보, 일정, 메시지, 조직. 큰 줄기는 최재성 의원이 조언을 해주고 메시지는 총선캠프를 총괄해주고 문미옥 의원실 보좌관으로 가 있던 정용상 특보가 맡아주었다. 강남구의 여선웅 구의원은 일정과 전국 순회를 맡고 온라인 홍보는 김선 작가가 맡았다. 국회 경험이 많은 윤선희 보좌관은 공보를 맡았다. 삼성에서부터 친하게 지냈던 사진작가 후배 장예서가 어디든 함께 다니며 사진을 찍어주었다. 장유석 씨도 일정과 서무 등 여러 가지를 힘써 챙겨주었다. 처음에는 대여섯 명으로 뚝딱 팀이 꾸려졌다.

그런데 조직이 문제였다. 전국 17개 시도를 순회하면서 당원대회를 하게 되면 조직이 필수적이었다. 투표권이 있는 여성 대의원들을 설득하고 지역 순회 시 응원을 해주는 조직. 그런데 나에게 그런 조직역량이 있을 턱이 없었다. 광주 선거를 도와주셨던

여성최고위원 선거에서 유세 중

분들이 종종 상경해 응원을 해주셨지만 전국을 커버하기엔 역부족이었다. 문재인 대표 팬클럽인 '문풍지대'의 카페지기를 지낸 송순효 님과 몇 분이 합류해 조직을 맡아주었다.

사람들은 '계란으로 바위치기'라고들 했다. 조직도 계파도 경험도 없는 양향자가 당원들 사이에서 신망 있는 유은혜 의원을 상대로 어려운 선택을 했다고. '사전에 문재인 전 대표와 상의를 했느냐. 도움을 받고 있지 않느냐'고 묻는 이들도 있었다. 상의?
하고 싶었다. 이 길이 맞느냐고. 하지만 그러지 못했다. 정말 지쳐
서 쓰러지듯 집으로 돌아갈 때는 '한 번 전화라도 드려볼까' 싶었
지만 하지 않았다. 내 길은 이제 내가 만들어가야지 이런 고민으
로 부담을 드려서는 안 된다고 생각했다.

2016년 7월은 참으로 뜨거웠다. 전당대회의 열기 때문이기도
했지만 덥기도 무척 더웠다. 당원대회에서 연설하다보면 냉방이
잘된 실내에서도 등이 흥건히 젖어들 정도였다. 제주도를 시작으
로 한 2016년 더불어민주당 전국당원대회 전국순회. 당원대회가
열리는 곳마다 생전처음 보는 당원들이 '양향자! 양향자!'를 외
치며 맞이해주었고, 내리쬐는 뙤약볕 아래서 율동을 하며 응원을
보내주었다. 당내에 아무런 세력도 없이 단출하게 시작했지만 사
기는 어느 팀보다 높았다.

다른 최고위원 후보들은 국회의원회관과 여의도 인근에 사무
실을 두 개 이상 확보하고 수십 명이 팀을 이뤄 일했지만 우리는
작은 사무실 한 칸에 많이 모여도 열다섯 명이 다였다. 하지만 정
말 즐겁고 행복하게 일했다. 져도 잃을 것 없는 도전자라는 가뿐
함도 있었고 작은 팀이기에 너도나도 일을 도맡아 하다보니 보람
도 컸던 것 같다. 모두 30대로 젊고 의욕이 가득한 이들이었다.

온라인에서 보내주는 응원도 큰 힘이 되었다. 내 트위터와 페

이스북, 블로그를 보고 사무실로 찾아오는 당원도 많았다. 손수 케이크를 만들어 오시고 떡과 음료를 사들고 응원을 오시는 분들, 꽃다발을 한아름 들고 와서 누구인지 이름도 밝히지 않고 사라지는 분들. 누구인지, 어디서 왔는지 말하지 않고 몰래 놓고 가시는 분들이 많아 나는 그것들을 들고 사진을 찍어 바로 트위터에 올렸다. '잘 받았다고, 님 덕분에 이렇게 힘 받고 행복하다고' 알리고 싶어서였다.

속상한 일도 있었다. 현역의원이 아니기에 마땅히 가야 할 자리에서 배제되기도 했고 불쾌한 경험도, 마음 아픈 말도 들었다. 유은혜 의원이 워낙 신망 있는 여성의원이었기에 내 도전 자체가 무모하고 뜬금없다는 책망도 들었다. 물론 유은혜 의원도 훌륭한 사람이다. 그가 전국여성위원장을 맡는다면 분명히 잘하겠지. 하지만 호남, 여성의 마음을 잡고 대선승리를 위해 힘써야 할 이 시점에서는? 나 양향자도 잘할 수 있다. 그렇게 믿고 뛰었다.

그즈음 온라인에서 하나의 사건이 있었다. 은수미 전 의원이 삼성반도체 노동자들의 백혈병 문제를 거론하면서 유은혜 의원의 트윗을 리트윗하고 응원하는 글을 트위터에 올렸다. 한창 선거전이 치열해지던 때 나에 대한 저격으로 비춰질 수도 있는 내용이었다. 나도 그 글을 봤지만 딱히 서운하다는 생각은 들지 않았다. 삼성반도체의 백혈병 문제……. 젊은 나이에 병을 얻어 세상을 떠나거나 일을 하지 못하게 된 후배들. 나 역시 노동자였는데 어찌 마음 아프고 힘들지 않았을까. 나는 임원으로 있을 때 관련자들을 만나고 해결하고자 노력했다. 그런 사정을 은 전 의원이나 유 의원이 알 턱이 없을 테니. 내가 그들에 대해 잘 모르는 부분이 있는 것처럼 기업에서 30년을 살아온 나에 대해 그들도 모르기 때문에 할 수 있는 말이라고 생각했다.

그런데 몇 시간 뒤 온라인에서 반응이 일어났다. 우리 캠프에 참여하던 김선 작가가 은수미 의원의 트윗에 대한 대답으로 본인 트위터에 글을 올린 것이다. '내가 아는 만큼의 양향자를 알려준다'며 지금까지 내 삶을 짧은 트윗 50여 개로 이어서 올렸다.

온라인은 영상 콘텐츠의 시대라지만 적절한 시점에 적절한 글이 주는 반응은 엄청났다. 김선 작가의 트위터로 시작된 '양향자 이야기'는 페이스북, 블로그를 타고 점점 퍼져나갔고 오늘의 유머, 뽐뿌, 루리웹 등 우리 당원들이 많이 접하는 온라인 커뮤니티를 통해서도 확산되었다. 3일 만에 수만 번의 조횟수를 기록하며 조횟수 1위 게시물이 되었다. 그렇게 '양향자 이야기'는 온라인에서 바람을 일으켰다. 온라인에서 시작된 바람은 오프라인에서도 변화를 불러왔다. 그전까지는 여성위원장이 누가 되어도 좋다던 당원들이 많았다.

나는 '그래도 이왕이면 신인 한번 밀어주세요'라며 지지를 부

전국대의원대회에서 당원들에게 한 표를 호소하는 나

탁했다. 그런데 그 글 이후 당원대회의 공기가 달라졌다. 자기가 사는 지역도 아닌데 유세 나온 양향자를 보고 싶다며 아이를 데려오는 여성들, 자기 어머니가 꼭 나처럼 살았다며 어머니를 모시고 오는 분들도 있었다. 멀리서 바라보다가 가만히 다가와서 안아주고 가는 분도 만났다.

"정말 고생했어요. 잘 살았어요."

처음 만난 사이, 서로 긴 이야기를 하지도 않았지만 그도 나를 알고 나도 그를 아는 것이다. 그저 서로 안고 등을 두드려주는 만남, 그런 만남이 당원대회 내내 이어졌다.

그 뒤로 정말 원 없이, 신명 나게 선거운동을 했다. 다가올 대통령선거를 위한 전국여성위원장 후보라는 것을 알리려고 '집권을 위한 3% 플러스, 양향자!'를 슬로건으로 전국을 돌았다. 8월 27일 전당대회 마지막 날. 유리천장을 깨는 내 모습이 등장하는 후보소개 영상을 배경으로 마지막으로 당원들에게 호소했다.

"가난과 학력, 지역과 성별 차별을 극복하고 온
수많은 사람의 삶이 바로 저 양향자입니다.
이제 다가올 대선을 위해, 여성과 호남의 미래를 말해야 합니다. 바로 저 양향자가 호남의 미래, 여성의 미래입니다!
호남의 마음을 얻어 집권의 길을 개척해야 합니다. 양향자를 사용하십시오!"

모든 연설과 순서를 마치고 후보자들이 나란히 단상에 앉았다. 유은혜 의원과 악수를 나누고 자리에 앉아 두 손이 떨리는 것이 들킬까 꼭 맞잡았다. 곧이어 나온 결과 대의원은 47:52로 5% 차이로 뒤졌다. 하지만 권리당원은 66:33 두 배 차이로 이겼다. 대의원에서 조금 지고 권리당원에서 크게 이겼다.
"더불어민주당 전국여성위원장에 양향자 후보가 당선되었습니다!"

발표가 끝나기도 전에 유은혜 의원이 벌떡 일어났다. 웃으며 먼저 다가와 꼭 끌어안아 주었다. 처음 입당할 때 환영해줬던 것처럼 여전히 화사하고 진정어린 미소였다. 경쟁하며 야속한 순간도 있었지만 나는 항상 그를 좋아했다. 두려움 속에 선택한 길 앞에서 따뜻하게 손잡고 환영해준 사람과 경쟁하는 것은 참으로 괴로운 일이었다.

하지만 이제는 진 사람도, 이긴 사람도 없다. 나도 그도 모두가 함께 이겼다. 정치 초짜가 유은혜 의원처럼 멋진 사람과 어깨를 나란히 할 수 있었다니 감사하고 영광된 일이었다. 함께 입당해 전국을 순회하는 동안 챙겨주고 함께했던 친동생 같은 김병관 의원도 압도적 지지를 받아 전국청년위원장에 당선되었다. 초선임에도 놀라운 성과였다. 문재인 대표를 만나 입당한 우리가 이뤄낸 성과였다.

온라인 입당과 인재영입 그리고 총선 승리로 달라진 60년 역사의 민주당이 2017년 12월에 있을 대선을 이끌 새로운 지도부를 선출했다. 그리고 여성, 호남의 상징성으로 원외인 내가 최고위원장, 전국여성위원장을 맡게 되었다.

박근혜 대통령 탄핵,
국민과 함께 역사의 한복판에 서다

더불어민주당 전국여성위원장 겸 최고위원 양향자.

당원이 만들어준 영광스러운 이름이었다. 최고위원을 겸하는 여성위원장의 책무는 많고도 무거웠다. 지도부로서 당원과 국민에게 현안에 대한 논평 메시지를 주는 것이 그 첫 번째였다. 매주 월, 수, 금요일 아침에 열리는 최고위원회에 참석해 현안 메시지를 내고 당대표, 다른 최고위원들과 함께 여러 회의에 참석해 당무를 결정하게 되었다.

전국여성위원장으로서는 전국의 여성위원회, 여성당원들과 소통하는 임무가 주어졌다. 전국여성위원회는 당비를 예산으로 배정받는 유일한 상설위원회로 그 책임과 권한이 막강하다. 나는

여성정치 아카데미에서 전국여성위원장으로서 발언하는 모습

단기적으로는 대선 승리, 장기적으로는 지방선거 승리를 목표로 두고 당원들과 소통하기로 했다. 선거에서 승리하려면 전국 조직을 정비하고 당원들에게 소속감과 자부심을 갖고 임하도록 동기를 부여하는 것이 중요한 일이었다. 전국 여성위원회 출범식에 빠짐없이 참석하는 것도 내 일이었다.

여성국 당직자들과 함께 하나하나 만들어갔지만 역시 원외라는 한계를 절감할 때가 많았다. 현역의원이라면 의원실 보좌진 9명 정도의 지원을 항상 받지만 원외라면 모든 일을 알아서 처리해야 했다. 급여도 사실상 무급의 봉사직이나 마찬가지다. 물론 나로서는 모든 것을 미리 알고 감수하기로 했던 일이있으니 불평하지는 않았지만 나 다음에 또 여성위원장이 원외로 당선된다면? 누구도 나와 같은 불편을 다시 겪게 하고 싶지는 않았다.

최고위원, 전국여성위원장으로서 내 일상은 이렇다.

월요일 새벽 5시에 일어나 전날 써놓은 최고위원회의 발언 자료를 다시 검토한다. 새벽에 새로운 뉴스가 나왔을지도 모르니 속보를 꼼꼼히 확인하고 달라진 부분이 있다면 수정·보완한다. 6시에 집을 나서는데 보통 버스를 타고 간다. 한 시간 반 정도 거리다. 7시 30분 국회에 도착해 당대표, 최고위원들과 사전회의를 잠깐 한다. 보통 그날의 현안과 서로 발언내용을 검토하는 자리다. 8시에 곧장 최고위원회의를 시작한다. 당대표를 중심으로 그날의 현안에 대한 당의 입장을 밝히는 자리다. 나는 주로 호남, 여성, 기술 이슈에 대해 발언하는데 국민의당 의원들의 허위사실 유포나 비방을 비판하기도 한다.

회의가 끝나면 당사에 들러 여성국 당직자들과 함께 회의를 한다. 보통 한 시간 정도 여성국에서 진행하는 여성위원회 사업들을 점검하고 주간 업무를 파악한다. 강연요청이나 지역 방문을 어떻게 처리할지 논의하기도 한다. 점심은 의원들, 선배님들, 그리고 선거 때 지원해준 지인들과 같이 나눈다. 별일 없을 때는 여성국 직원들이나 최재성 의원님과 함께 먹기도 한다. 최재성 의

최고위원 회의에서

원님과 식사할 때는 간단한 식사가 토론장으로 변하기도 한다. 오후에는 광주로 향할 때가 많다. 3시쯤 KTX를 타고 광주로 가면서 강연자료를 검토하고 집필할 책 원고를 살핀다. 서면 인터뷰 답변지를 작성하기도 하는데 요즘은 KTX가 빨라져 원고를 쓸 만하면 금방 역에 도착해버린다.

　광주에서는 당원들을 만나거나 지역사무실에서 직원들과 회의를 하다보면 어느새 밤이 된다. 광주 집으로 돌아가 청소하고 엄마와 함께 이런저런 이야기를 하다보면 자정을 넘기기 일쑤다. 엄마가 잠 드시고 나면 밀린 이메일과 그 새 도착한 보고서, 자료들을 확인하느라 거의 새벽 2시쯤 잠자리에 든다.

나의 전국여성위원장 당선을 누구보다 축하해준 이들은 바로 지난 총선에서 나를 도왔던 광주 서구을의 지인들이었다. 캠프를 집처럼 캠프에서 살다시피하면서 양향자를 외치고 다녔던 분들. 최고위원이자 전국여성위원장으로 돌아온 나를 눈물로 환영해주었다. 그분들 중에는 지난 총선 때 '당 때문에 찍을 수 없다'며 외면했던 분들도 있다. 미안해서 앞으로 나를 돕겠다고 찾아온 분들이었다.

"우리 광주에 민주당 국회의원은 하나도 없지만 최고위원은 있당께!"

전당대회가 끝나고 광주로 갔을 때 어떤 분이 하셨던 그 말이 그렇게 신나고 듣기 좋았다. 처음 만난 나를 위해 그리고 우리 당과 문재인 대표를 위해 몸 바쳐 뛰어준 이분들이 조금이라도 자랑스러워할 수 있다면 그것으로도 큰 의미가 있겠구나 싶었다.

그렇게 새로운 의무와 역할에 적응할 때, 정국은 점점 혼란스러워졌다. 이화여대 학사비리로 불거진 최순실과 정유라 모녀의 비리가 하나둘 드러나며 민간인 최순실이 박근혜 대통령과의 친분으로 국정에 영향을 미쳤다는 사실이 드러났다. 최순실 주변 사람들이 대통령을 팔아 이권을 챙기고 대통령이 직접 개입해 돈과 이권을 챙기도록 도왔다는 충격적인 사실들이 하나둘 까발려졌다. 우병우 민정수석의 권력남용도 드러났고 '설마 그렇게까지 했겠어?' 싶었던 일들이 매일매일 사실로 밝혀졌다. 국민은 분노했다.

그러자 박근혜 대통령이 승부수를 던졌다. 10월 24일 국회시정연설에서 박 대통령은 개헌을 제안했다. 정유라를 시작으로 한 박근혜·최순실 게이트. 그리고 우병우 민정수석의 여러 의혹을 한번에 덮으려는 속셈이었다. 개헌은 다선 유력 정치인들을 중심으로 꾸준히 제기되었지만 박 대통령은 늘 부정적이었다.

박 대통령은 개헌을 입에 올리는 이들을 나서서 질책하기도 했다. 하지만 본인이 코너에 몰리니 정치권이 원하는 것을 던져줌으로써 위기에서 빠져나가려고 했다. 정치적 술수, 거래였다. 당연하게도 다선 유력 정치인 다수가 개헌 제의에 찬성한다고 밝혔다. 하지만 정치인들끼리의 거래 정도로 덮어둘 수 없을 만큼 국민의 분노는 이미 너무나 커져 있었다.

그렇게 촛불이 시작되었다.

광화문광장에서 시작된 촛불은 곧 전국으로 퍼져나갔다. 처음에는 박근혜·최순실 게이트의 특검을 요구하던 촛불은 곧 박근혜 사퇴를 요구하기 시작했다. 새로운 그리고 충격적인 사실들도 쏟아져 나왔다. 박근혜 대통령이 개헌을 제안한 그날 밤 태블릿 피시 뉴스가 터져나왔다. 최순실이 사용했던 태블릿 피시에서 박

국민과 한마음으로 촛불을 들었다.

근혜 대통령의 일정, 연설문, 중요한 국정운영 정보들이 나왔고 연설문은 최순실이 고쳐 청와대에 전달했다고 했다.

박근혜 대통령은 국무회의와 수석보좌관 회의에서 최순실이 고쳐준 연설문과 모두발언문을 그대로 읽은 것으로 밝혀졌다. 성형외과 원장을 비롯한 최순실 지인들이 국가사업에 개입해 돈과 이권을 챙긴 사실도 드러났다. 삼성, SK와 같은 대기업으로부터 뜯어낸 돈으로 만든 재단을 통해 대대로 권력과 돈을 유지하려고 한 정황도 드러났다. 30년 동안 일하고 성장했던 삼성이 이런 일에 거론되다니 착잡하고 마음 아팠다.

광장에서는 이재용을 구속하라! 기업총수 수사하라!는 구호도 함께 울려 퍼졌다. 박근혜 대통령 사퇴를 외치던 소리도 어느새 바뀌어 있었다.

"박근혜를 탄핵하라!"

문재인 전 대표도 촛불에 동참했다. 광화문을 비롯한 전국의 촛불집회에 참석하며 국민과 함께했다. 때로는 비를 맞고 때로는 눈을 맞으며 차가운 바닥에 앉아 함께 노래 부르고 위로하면서. 문재인 대표 주변으로 사람들이 몰려들었다. 박근혜·최순실의 참담한 국정농단으로 상처 입은 국민의 마음은 어느새 자신들과 함께 촛불을 들고 있는 문재인 대표에게로 모였다.

그리고 우리 모두가 알고 있듯이 국회의 탄핵 가결과 헌법재판소의 탄핵 인용. 하필 여성인 현 대통령을 탄핵하는 탄핵 결정문을 읽는 재판관 또한 여성이었다. 뭐라 설명할 수 없는 아이러니를 느낀 순간이었다.

"피청구인 박근혜를 파면한다."

민주공화국인 대한민국의 삼권분립이 작동하고 있다는 것을 알린 한마디. 그리고 갑작스레 당겨진 19대 대선의 시작을 알리는 한마디였다.

문재인 대통령!

본격적인 대선전에 들어가자 우리 당을 다시 알리는 것이 급선무였다. 내가 총선을 뛰던 때만 해도 더불어민주당은 기호 2번이었다. 새누리당이 1번, 국민의당은 3번이었다. 4·13 총선에서는 국민의당의 녹색바람, 3번 바람이 거세게 불었다. 그 때문에 나도 낙선의 아픔을 맛봐야 했지만 전국적인 고른 승리로 우리 당은 의석수 1위, 1번 당이 되었다. 더불어민주당은 1번이었다. 그런데 이미 많은 광주, 호남의 유권자들 머릿속엔 3번이 깊이 박혀 있었다.

한창 유세를 뛰면서 지지를 호소하는데 "응, 알았어. 우리 당 3번이지?" 호남 사람들에게 '1번'은 낯설었다. 1번은 아주 오랫동안 민정당 계열 정당들의 기호였고 '우리 당'이라고 했던 민주당

'파란'을 일으킨 대선 선거운동

은 김대중 대통령과 노무현 대통령의 두 번 외에는 거의 2번이었
으니까. 그리고 국민의당이 남긴 잔상도 강력했다. 하루 종일 시
장을 돌며 '우리 당 1번! 민주당 1번!'을 외쳤다. 선거운동이 한창
이던 3월부터는 미세먼지가 세게 들이닥쳤다. 목이 찢어질 것처
럼 아팠지만 두 사람 이상만 걸어가면 '민주당 1번! 문재인 1번!'
이 자동으로 나왔다.

충장로와 금남로 유세는 그야말로 장관이었다. 모든 광주사람
이 충장로 거리를 가득 메웠다. 그 전날까지만 해도 사람들이 적
을까 봐 걱정하던 시당 당직자들도 깜짝 놀랐다. 사람들에 밀려
안전사고가 걱정되는 지경이었다.

'파란을 일으키자!'

유세 슬로건과 파란색의 기호 1번 그리고 우리의 두 대통령 김대중 대통령, 노무현 대통령이 나란히 걸어오시는 대형 현수막이 거리에 쫙 퍼졌다. 어느 지역에서도 볼 수 없었던 초대형 현수막이었다. 수많은 인파와 열광적인 환호. 문재인 후보의 자신감도 어느 때보다 높아보였다. 나는 유세차에 올라 호소했다.

"나가서 매 맞고 고생하고 온 우리 아들입니다! 문재인 후보를 다시 한번만 안아주십시오! 우리 당과 문재인이 세상을 바꾸겠습니다!"

그러나 그런 바람과 달리 어르신들의 마음은 완고했다. 국민의당이 조장한 지역감정 탓에 아직도 호남홀대, 반문정서를 믿는 어르신들도 많았다. 노대동에 있는 노인정을 방문했을 때다. 한 할머니가 내 손을 세게 치시며 '문재인 나쁜놈!'이라고 하셨다. 아프고 당황스러웠지만 할머니 손을 억지로 끌어 잡고 여쭤봤다.

"어머니, 왜 그러세요? 문재인이 뭘을 잘못했는데요?"

"호남사람을 홀대하고 청와대에 있을 때 호남사람을 안 썼다 안카요? 호남에 인재가 월매나 많은디 호남을 얕잡아보고!"

몇몇 정치인이 자기 자리를 보전하려고 만들어놓은 악의적인 지역주의가 구순이 다 된 어르신 마음속에 이런 미움을 만들어내고 있다니 안타까움과 분노가 치밀어올랐다.

"어머니가 그래서 화가 나셨구나. 그런데 그것이 아닌디 어떡하죠?"

"아니긴 뭣이 아니여!"

그런 식으로 한참 할머니 이야기를 들어드리고 나도 같이 이야기했다. 영광에서, 진도에서, 광주에서, 여수에서 전남 전역을 돌며 똑같은 말씀을 하는 분을 수도 없이 만났다. 그런 분을 만나면 나는 설득하지 않았다. 그렇게도 해보았지만 거의 소용이 없었다. 분노와 오해, 서러움으로 가득한 그분들이 원하시는 것은 그저 들어드리는 것. 고개를 끄덕이며 공감해주는 것. 그것이 우선이었다. 그렇게 30분이고 한 시간이고 이야기를 들어주다보면 내 이야기를 할 수 있게 되었다.

그때 이야기했다. 내가 누구이고 문재인을 어떻게 만났는지, 문재인이 어떤 사람이고 호남을 위해, 우리나라를 위해 어떤 일을 하고 싶은지를. 어머니들은 화순에서 보낸 내 어린 시절이 자기 이야기 같다며 '어찌 그래 살았냐'며 공감하시고 남자분들은 문재인 대표를 대체 어떻게 만났는지, 어떤 점에 이끌렸는지를 궁금해하셨다. 사람마다 내 이야기에 반응하는 지점이 다르다는 걸 안 뒤에는 설득하기가 훨씬 수월해졌다. 한창 이야기를 나누다보면 이런 말씀들을 하셨다.

"2012년에 호남에서 90%를 넘게 밀어줬는데도 안 됐다 안 허

분노와 오해, 서러움으로 가득한 어르신들의 얘기를 들어주는 것만으로도 충분했다.

요. 그게 억울해서……."

아, 2012년 대선. 당시 민주통합당 문재인 후보를 90%가 넘는 지지로 지원했던 호남은 그때 상처로 아직도 아파한다는 걸 알 수 있었다. 기대가 컸고 크게 지지했던 만큼 상처도 컸던 것이다. 그런 분들을 어떤 수치로, 어떤 증명으로 설득할 수 있을까. 논리를 넘은 진심, 설득을 넘어선 공감만이 가능할 것이었다.

4월부터 5월 선거일까지 하루에 어르신을 500분 만나겠다고 마음먹었다. 정말 그렇게 뛰었다. 어르신을 적게는 200분, 많게는 500분의 손을 잡고 눈을 맞췄다. 구순 어머님이 당신 입에 들어갔던 밥숟가락에 밥을 떠서 주어도 사양하지 않았다.

여성, 호남, 광주에서 크게 쓰일 날을 기다린다.

'이거 한 입을 먹어야 우리 후보가 된다면, 이 한 분의 손을 더 잡아야 문재인 후보가 된다면.'

그렇게만 된다면 못할 일이 없었다. 그렇게 얼음을 깨듯이 하나둘 문재인으로, 진심으로 얼어붙은 호남의 마음을 녹여갔다. 언젠가 한 노인정을 방문했을 때 할머니가 나를 보고 이렇게 말했다.

"문재인 부인이오? 지난주에 오고 또 왔소?"

"네?"

"문재인 부인이잖소. 지난주에 싹 돌고 가더만 여기로 또 왔소. 다른 데로 가지."

"아, 아니에요. 저는 문재인 후보 부인이 아니고요. 같이하는 양향자입니다."

알고 보니 딱 일주일 전 김정숙 여사가 봉사를 하고 간 노인정이었다. '문재인 부인이면 여기 말고 다른 데 가지 또 왔느냐.' 이 말을 정말 많이 들었다. 김정숙 여사도 호남 전역을 돌며 어르신들에게 전력을 다할 때였다.

진도에 갔을 때 얼어붙은 마음이 녹았다는 것을 느낀 사건이 있었다. 국민의당은 박지원 의원을 선두로 호남의원들이 스크럼을 짜서 진도를 다 방문하고 난 뒤였다.

'박지원 의원이 휩쓸고 간 곳인데 과연 반응이 어떨까?'

걱정 반 우려 반으로 진도에 도착했다. 김홍걸 국민통합위원장도 함께했다. 진도시장에 유세차를 대고 섰는데 놀라운 일이 일어났다. 진도시장 좌판에서 물건을 팔던 분들, 지나가던 상인들, 시장 보러 오신 어머님들이 일제히 일어나 박수를 보내주셨다. 찬거리가 든 손가방을 들고 유세차 앞으로 다가와 춤을 추고 안아주시는 분들도 있었다. 생선 팔다 오신 어머니들, 젊은 엄마들. 양쪽으로 늘어선 시장 매대에 사람들이 텅 빌 정도로 우리를 환영해주셨다.

"문재인! 대통령! 문재인! 대통령!"

아, 이제 됐구나. 될 수도 있겠구나. 파란 유세용 점퍼 소매에 눈물을 닦았다. 유세차 손잡이를 붙들고 울었다.

"이제 다 됐는데 왜 울어! 문재인! 대통령!"

시장에서 만난 어르신이 나에게 이런 말을 했다.

"호남의 소원은 딱 하나여. 호남은 항상 정권교체, 그것만 원했당께. 그래서 2012년에 문재인을 그렇게 밀었던 거고. 다른 것은 없어. 여그 와서 호남정치 한다는 놈들 죄다 자기 살려고 하는 것이지 그것들 우리 생각 안 하는 거 알어."

"어르신, 그러면 어떡하면 좋을까요, 우리가."

"무조건 정권교체하겠다. 절대 지지 않겠다는 자신감을 보여줘야지. 처음에 우리도 안철수가 하도 바람이라 조금 기대했는데 이제는 아무 기대 없어. 그러니 민주당이 이제는 정말 잘해야 돼."

"네, 잘하겠습니다. 문재인 후보 부탁드립니다. 꼭 이길게요."

5월 8일, 마지막 유세를 마치고 파란 점퍼를 벗어서 갰다. 신고 전국을 돌아다녔던 운동화와 장갑도 함께. 그것들을 모아 사진을 찍고 기도하는 마음으로 밤을 새웠다. 다시는 오지 않을 5월 8일의 밤, 5월 9일의 새벽.

우리의 노력과 문재인의 진심 그리고 나 양향자의 노력이 평가를 받는 날이었다.

"여성, 호남 그리고 광주 이 세 가지에서 큰 역할을 할 수 있을 겁니다."

문재인 대표가 사람을 잘 봤다면, 내 쓰임이 그의 기대에 미친다면 하늘도 우리를 돕겠지.

기도하는 마음으로 금호 2동 주민센터에서 투표를 했다. 투표용지에 찍은 도장이 번질세라 입으로 호호 불어 말린 뒤 투표함에 넣었다. 그리고 상상했다. 어린 시절 밤하늘의 별을 보며 무엇인가가 되어 있을 미래를 상상했던 것처럼 문재인 후보가 대통령이 되어 우리나라를, 우리 국민의 삶을 바꿔주기를.

4부

광주 비전

광주의 어제, 시골 소녀의 신세계

어릴 적, 광주는 내게 신천지였다. 내가 살던 화순의 쌍봉마을과는 완전히 다른 세상이었다. 쌀 팔러 양동시장에 나가는 엄마를 따라 가끔 구경했던 광주는 내게 가장 크고, 가장 북적이고, 가장 역동적인 도시였다. 예닐곱 살의 내가 기차에서 내릴 때 펼쳐진 광주 모습은 마치 영화 〈스타워즈〉에서 주인공이 다른 행성에 도착해 바라본 풍경처럼 마냥 신기하고 경이로웠다.

그때의 흥분과 짜릿함이란! 쌩쌩 지나가는 자동차와 마차(1970년대만 해도 길에 말이 또각또각 다녔다), 세상의 모든 물건이 있는 것 같던 시장의 상점, 한가득 짐을 이고 지고 수레에 싣고 뛰듯이 걷는 사람들, 독약같이 보였던 까만 '커피'를 마셔대는 상인들, 콧속을 가득 메우는 통닭 튀기는 냄새와 해장국 냄새……. 광주에 한 번씩 다녀온 다음 날 학교에선 도시 이야기를 듣기 위해 모인 아이들 사이에서 나는 인기가 폭발하곤 했다.

하지만 엄마 따라 광주에 나가기란 쉽지 않은 일이었다. 어린 아이 데리고 장사하기가 어디 쉬울까? 장이 설 때마다 "좀 데려가라"라고 조르는 나를 엄마는 달래고 꾸짖으며 떼어내기 바빴다. 그래도 나는 포기하지 않고 장날 새벽녘 엄마가 집을 나설 때 몰래 일어나 저만치서 졸졸 뒤따르곤 했다. 물론 엄마가 나를 볼 수 있는 거리를 유지하면서…….

"오메, 왜 따라오냐. 집에 돌아가, 얼른!"

휘휘 손짓하며 따돌리는 엄마를 잠시 피했다 다시 따라가기를 몇 차례. 그러면 엄마는 이내 포기하고 나를 번쩍 안아 수레에 올려주셨다. '앗싸!' 그렇게 쌀가마 위에 앉아 까불다가 졸다가 광주에 도착하면 그때부터는 구박을 견디고 힘들게 따라온 보람이 있었다.

먼저 설탕 가득 넣은 달달한 팥죽으로 빈속을 달랠 수 있었고, 과자와 튀김은 물론 짜장면을 얻어먹기도 했으며, 온 시장을 뛰어다니며 물건과 사람, 동물을 구경했고 집에 돌아올 때는 예쁜 옷도 한두 벌 손에 들려 있었다.

1983년, 열여섯에 광주여상에 진학하고 3년 뒤 졸업할 때까지도 광주는 내가 아는 세계의 전부였다. 고등학교 때 '학도호국단'

으로 활동하며 잠깐 서울을 구경할 기회가 있었지만 광주를 처음 봤던 경이로움과 비교할 바 아니었다.

삼성반도체에 입사하고도 나는 '광주 출신'이라는 것을 자랑스럽게 여겼다. 광주는 호남의 대표도시였다. 지금과 달리 광주와 전남의 경계와 의미가 모호하던 시절, 전라도 사람들은 대부분 "나는 광주에서 왔다"고 했다. 광주에서 대학을 나온 사람들도 서울 출신들에게 기죽지 않았다.

그만큼 우리에게 광주는 그 자체로 자부심이었다.

그런 광주에 안타까움을 느끼기 시작한 것은 결혼한 뒤 시댁인 부산에 가끔 들르면서부터다. 1990년대까지만 해도 광주뿐만 아니라 화순과 같은 인근 도시에도 비포장도로가 많았는데 부산의 풍경은 그때도 제법 대도시 모습을 갖추고 있었다. 도로의 질이 다르고, 차량의 양이 다르고, 시내 대형 건물들의 밀도와 크기도 차이가 났다. 그래서인지 사람들의 눈빛까지 달라보였다.

시간이 지나 광산구가 광주에 편입되고 상무·풍암·금호·수완·첨단 5개 신도시가 조성되면서 도시 크기가 과거에 비해 몇 배는 커지고 인구도 1990년 이후 100만 명을 훌쩍 넘어섰지만, 광주가 발전했다는 생각은 잘 들지 않았다.

삼성반도체가 위치한 기흥과 인근 수원시가 크게 성장하는 것을 지켜보면서 안타까움은 더욱 커졌다. 처음 내가 직장생활을 했던 1980년대 말 수원은 광주보다 훨씬 시골 같은 분위기였다. 기흥은 더 했다. 너무 한적하고 을씨년스러워 동료들과 밤에 버스를 타고 다닐 때면 "이러다 우리 인신매매 당하는 거 아냐?" 하며 불안한 우스갯소리를 하곤 했다. 그런 기흥과 수원은 지금 기업과 일자리가 넉넉한 경제도시로 바뀌었다. 그러나 우리 광주는 별로 달라진 게 없다.

'광주는 앞으로 어떻게 하지?'

이런 고민은 2016년 광주 서구 국회의원으로 출마, 광주에 대해 본격적으로 공부하면서 더욱 깊어졌다. 광주의 문제가 나의 문제가 된 것이다.

광주의 오늘, 멈춰버린 경제시계

"광주는 먹고 사는 게 걱정이에요."

정치인으로 광주에 와서 수없이 들은 말이다. 2년 동안 참 많은 사람을 만났다. 평생 살면서 만날 사람들을 다 만났다고 해도 지나친 말이 아니다. 이제는 하루에 서너 차례 면담 등 미팅 일정이 없으면 불안할 지경이다. 총선 출마 이후 더불어민주당 최고위원·전국여성위원장·지역위원장(광주 서구을)·호남특위 수석부위원장으로 수많은 광주 분을 직접 만나 대화하고 토론했다. 기업인, 언론인, 청년, 학생, 여성에게 광주의 어제와 오늘, 내일의 얘기를 듣고 또 들었다.

그분들이 이구동성으로 하시는 말씀이 '먹고사는 걱정'이었다. 광주는 정말 경제적으로 어려운 도시일까? 소득과 일자리와 관련된 자료를 자세히 들여다봤다. 광주를 하나의 기업으로 봤을 때 '매출'이 6개 광역시 중 가장 적다(2015년 기준). GRDP(Gross Regional Domestic Product, 지역 내 총생산)가 약 32조 원으로 부산(78조 원)과 인천(76조 원), 울산(69조 원)의 절반도 안 된다(대전 34조 원, 대구 49조 원). 인구 차이를 감안하더라도 광주가 6개 회사 중 가장 조그만 기업이라고 할 수 있다. 그렇다면 실속은 있을까?

시민 개인의 매출, 즉 1인당 GRDP를 봐도 광주는 뒤에서 두 번째로 액수가 적다(2,100만 원). 꼴찌는 대구다(2,000만 원). 광주와 대구는 얼마 차이 나지 않는 최하위 그룹이다. 울산의 경우 6,000만 원이 넘는다. 광주는 규모도 작고 내실도 없는 기업이란 말이 된다.

시민 1인당 벌어들이는 돈은 얼마나 될까? 직장인이 받는 임금총액을 비교해봐도 6개 광역시 중 광주가 4위다(2016년 약 3,000만 원). 역시 꼴찌는 대구로 2,800만 원 수준이다. 비교대상을 전국으로 넓혀도 광주는 17개 광역지자체 중 13위에 그친다. 광주에 있는 대기업들, 그러니까 기아자동차와 금호타이어, 삼성전자, 동부대우전자, 대유위니아 등에서 일하는 분들의 고임금을 고려하면 일반 시민들의 임금 수준은 더 낮아질 것이다.

광주광역시가 발표한 재정지표 중 '1인당 지방세'라는 지표가 있다. 시민 한 명 한 명이 광역지자체에 내는 세금을 의미하는데,

이 역시 광주가 6개 광역시 중 꼴찌다. 울산이 약 121만 원, 인천이 112만 원, 부산은 108만 원, 대구는 99만 원, 대전은 90만 원인데 비해 광주는 81만 원에 그쳤다. 이것이 광주시 지자체 살림이 다른 도시보다 어려운 이유다.

결론적으로 광주는 체감 경기를 넘어 실제 경기가 나쁘다. 정서나 분위기뿐만 아니라 실제 수입이 적다. 광주의 경제는 춥게 느껴지는 것이 아니라 실제로 추운 것이다.

좋은 일자리가 부족하다

시민들은 일자리 문제를 많이 지적한다. 너도나도 '벌어먹을 걱정'이 크다. 광주에 계속 살고 싶지만, 광주에는 좋은 일자리가 별로 없어서 할 수 없이 다른 곳을 바라보고 결국 떠나게 된다는 것이다. 다음은 지난해 만난 40대 남성분의 고민이다. 당시 이분은 재취업을 준비하고 있었다.

"광주에 있는 대기업 협력업체에 다녔는데 대기업이 해외로 이전하면서 직장을 잃었습니다. 그런데 광주에서는 다시 취업할 곳이 마땅치 않습니다. 시에서 추진하는 '광주형 일자리'는 말만 있지 아직 실체가 없고요. 그래서 다른 도시에서 직장을 알아보는 중입니다."

우리 아이들이 먹고살 걱정을 하지 않아도 좋은 세상을 만드는 것이 어른들의 임무 아닐까?

이분은 나중에 충청도에 있는 기업에 들어갔다고 전해왔다.

좋은 일자리는 무엇일까? 나는 그 기준이 두 가지라고 생각한다. 임금수준과 안정성이다. 보통 우리는 임금이 많을수록 좋은 일자리라고 생각한다. 앞서 언급했듯이 광주의 임금총액은 다른 지역에 비해 낮은 편이다(6개 광역시 중 4위). 광주에 좋은 일자리가 많지 않음을 뜻하는 첫 번째 지표다.

직장을 정하는 데 급여가 중요하다는 것은 여론조사에서도 쉽게 알 수 있다. 2015년 광주시에서 실시한 '청년종합실태조사'에 따르면 '직장을 옮기는 가장 큰 이유'로 가장 많은 응답자가 '급여수준'이라고 답했다(20.9%, 2위는 개인의 발전, 3위는 근로환경이다). 급여가 맘에 들지 않을 때 직장을 옮길 가능성이 가장 크다는 얘기다.

좋은 일자리에 관한 두 번째 지표는 안정성이다. 직장이 얼마나 안정적인지는 보통 비정규직 비율로 판단해볼 수 있다. 광주는 비정규직 비율이 37%나 된다(통계청, 2017년 8월 기준). 이는 6개 광역시 중 1위이며 전국 평균이 32.7%인 것과 비교해도 꽤 높은 수치다.

또 광주의 비임금근로자, 즉 자영업자나 따로 급여를 받지 않고 가족끼리 일하는 사람들의 비율이 전체 취업자 중 26.2%에 달한다. 다른 광역시 평균 22.2%에 비해 높은 수치다. 광주에는 안정적인 일자리가 다른 지역보다 그만큼 부족하다고 할 수 있다.

일자리와 관계된 다른 수치를 봐도 광주는 건강한 상태가 아니다. 우선 고용률(취업자 비율)이 광주는 58%(다른 광역시 평균은 59%), 경제활동참가율(취업자+실업자, 일하려는 사람의 비율)이 59.9%(다른 광역시는 평균 61.4%)로 다른 광역시에 비해 뒤처져 있다. 돈 벌려는 사람도 적고 실제로 벌고 있는 사람도 많지 않다고 할 수 있다. 광주의 평균연령이 39.1세로 광역시 중 두 번째로 낮은 것을 감안하면 더욱 심각한 수치다. 나이가 들어 돈을 못 버는 것이 아니라 일할 수 있는 나이인데도 일할 곳이 별로 없다는 뜻이기 때문이다.

다행히 실업률(경제활동인구 중 실업자가 차지하는 비율)은 광주가 그리 높지 않은데(광주 3.1%, 인천 4.9%, 부산 3.9%, 대구 4.2%), 자세히 들여다보면 이 수치에는 그늘이 있다.

실업률은 취업준비자는 빼고 계산한다. 취업을 준비하는 사람들은 실업자가 아니라고 판단하기 때문이다. 그런데 광주의 취업준비자 비율이 전국 16개 광역단체 중 가장 높다(4.5%, 전국평균은 3.1%). 이것이 더욱 암울한 것은 광주 청년들의 아픔과 연결되어 있기 때문이다.

울고 있는 광주의 청년들

광주는 젊은 도시다. 시민 평균연령이 39.1세로 6개 광역시 중 울산(39세)과 함께 젊은 지역에 속한다(참고로 광주 내에서는 광산구가 35.9세로 가장 젊다. 서구가 39.5세, 북구가 39.8세, 남구가 41.1세, 동구가 44세). 20대부터 40대까지 인구가 전체의 45.7%에 달한다.

이들이 광주의 미래를 짊어지고 (더 솔직히 말하면) 광주시민의 노후를 책임질 사람들이다. 나아가 전국에서 가장 초고령 지역이자 노인들이 가장 많이 사는 전라남도의 노후까지 떠맡아야 할지도 모른다. 쉽게 말하면, 광주 청년들이 광주뿐만 아니라 경제공동체인 전남의 어른들까지 먹여 살리게 된다는 얘기다.

청년들에게 가장 좋은 투자는 일자리다. 안정되고 되도록 높은 수익이 보장되는 일자리를 최대한 많은 청년에게 주는 것이다.

"교육의 끝은 직업이다"라는 말이 있다. 현재는 중학교까지 의무교육을 하지만 사실은 취업까지 국가가 최대한 책임져야 한다고 생각한다. 시험을 보는 지식을 넘어 직장에서 일하며 능력을 발휘할 수 있는 실력까지 갖춰주는 것이 진정한 교육이기에 학교를 다닐 기회뿐만 아니라 직업을 가질 기회도 제공하는 것이 국가의 의무라고 생각한다. 그리고 이 생각은 청년 일자리에 대한 정부의 책무를 강조하는 철학적 기반이 된다.

나에게 면담을 청하는 광주시민들 중에는 유독 취업을 앞둔 자녀를 둔 부모들이 많다. 다음은 한 취업준비생 아들을 둔 엄마의 하소연이다.

"우리 아이는 광주에서 나름 좋은 대학을 나왔어요. 전공도 괜찮아요. 고등학교 때 공부도 제법 잘했답니다. 대학을 졸업하고 서울로, 광주로 대기업에 몇 번 지원해서 떨어졌고 그러더니 이내 포기하고 지금은 대학원 진학 준비를 해요."

이 학생은 사실상 '백수'이지만 통계상 실업률에 포함되지 않는다. 광주의 고용률이 낮지만 실업률이 나쁘지 않은 것은 이런 청년들이 많기 때문이다. 이와 관계된 실제 수치를 보면, 청년고용률(15~29세)의 경우 2016년 광주는 35%로 6개 광역시 중 꼴찌다. 그러나 청년실업률은 9.8%로 전국 평균과 같게 나온다. 이는 일하고 싶은 청년의 비율, 즉 청년의 경제활동참가율 자체가 광주가 낮다는 얘기다. 광주의 청년 경제활동참가율은 41.4%로 (2017년 3/4분기) 다른 광역시 평균인 45.4%를 밑돈다. 결국, 광주에는 취업을 준비하는 학생이 다른 지역에 비해 많다는 뜻이다. 당사자인 청년도, 그 부모도 참 마음 아픈 일이다.

그뿐인가. 광주 청년들은 빚도 많다. 조사해보니 평균 대출잔액이 2,494만 원이나 됐다. 2017년 7월 광주시가 청년(만 19~34세) 500명을 대상으로 부채 실태를 조사한 결과, 3명 중 1명이 빚을 지고 있었고 평균 대출잔액은 2,494만 원이었다. 이 중 대학교에 재학 중인 학생(19~24세)도 빚이 908만 원이나 됐다.

대출 내용은 주거비 33.5%, 교육비 32.3%, 생활비 27.4%로 나타났는데, 이는 청년들이 학비부터 생활비, 방값 등이 없어 돈을 빌리고 그 부채 때문에 또 가난하게 살고 있음을 의미한다.

실제로 대출한 청년의 17.7%가 연체 경험이 있다고 답했다. 취업 전에는 갚을 엄두도 내지 못하고, 취업한 후에도 빚을 지고 사회생활을 시작하니 안정된 생활을 하기가 쉽지 않다. 그러다 보니 결혼도 늦어지고 출산은 엄두도 못 내는 악순환이 이어지는 것이리라. 내 자식 입에 밥 들어가는 것만 봐도 배가 부른 것이 부모 마음인데, 아이들에게 이런 질곡을 물려주고 그걸 바라보는 부모의 마음은 오죽할까.

그리스의 길, 프랑스·영국·이스라엘의 길

경기도 파주는 1990년대까지만 해도 여름만 되면 홍수, 수해 소식과 함께 텔레비전에 등장하는 도시였다. 폭우만 내리면 주택 대부분이 물에 잠겨 망연자실한 수재민과 피해복구를 돕는 인근 군부대 군인들의 모습이 파주를 대표하는 이미지였다.

그런 파주가 2000년대 들어 월롱면에 세계 최대 규모의 LCD 단지가 생기고, 출판단지와 헤이리 문화예술마을이 조성되면서 '산업과 문화가 공존하는 도시'라는 새로운 브랜드를 얻었다. 최근에는 대형 아웃렛까지 들어서면서 수도권 사람들이 나들이하고 쇼핑하러 즐겨 찾는 '핫플레이스'로 바뀌었다. 가끔 가족과 파주 아울렛에 옷을 사러 가는데 갈 때마다 나도, 남편도 "야, 군인들 바글대고 여름만 되면 홍수가 나던 동네가 완전히 달라졌네"
하며 감탄하곤 한다.

그런데 파주와 달리 우리나라에는 과거의 이미지와 브랜드에
만 멈춰 있는 도시가 많다. 예를 들어 포천 하면 떠오르는 이미
지가 뭘까? 막걸리나 이동갈비 정도일 것이다. 그렇다면 대전은?
울산은? 대구는? 새롭게 떠오르는 것이 거의 없는 도시. 물론
그곳에 사는 분들은 억울해하겠지만, 다른 지역에서 느끼기에 이
미지가 과거와 별로 달라진 게 없는 것은 사실이다.

나는 광주도 과거에 머물러 있다는 생각이 든다. 민주주의 성
지! 인권과 평화의 상징! 참 좋은 브랜드이지만 언제까지나 이
이미지에만 머물러 있을 수는 없다. 최고의 문화도시! 이 브랜드
도 듣기엔 너무 좋지만 속내를 들여다보면 안정된 콘텐츠가 많지
않다. 광주에서는 2년마다 비엔날레가 열리고 아시아문화전당이
있고 다양한 문화행사가 개최되지만 이에 자부심을 느끼는 시민
들은 별로 없다.

"광주의 문화는 그들만의 잔치예요."

오히려 많은 광주시민은 광주의 문화에 거리감을 느끼고 있
다. 광주 비엔날레의 경우, 가진 사람들의 '부(富)엔날레' 또는
'부애(부아가 치밀다의 전라도 사투리)날레'라는 비아냥거림도 많이
듣는다.

광주는 과거에 멈춰 있다고 해도 지나친 말이 아니다. 과거에 안주하는 그리스를 보는 것 같다. 그리스는 로마제국의 영광을 품은 역사 깊은 나라이지만 현재와 소통하지 못하고 과거 시간에 멈춰 있는 느낌을 받는다. 그곳 사람들이 입에 달고 다니는 말이 있단다. "이곳이 예전에는 말이야." "왕년에는 참 대단한 곳이었지." 우리 광주의 사정과 어쩐지 닮아 있지 않은가?

그에 비해 프랑스 파리, 영국 런던, 이스라엘 예루살렘 등은 과거와 미래가 공존하는 곳으로 바뀌어 전 세계인의 사랑을 받고 있다. 파리의 경우 2017년에만 200만 명 가까운 관광객이 다녀갔다. 이 도시들의 혁신에서 광주가 배워야 할 것이 많다. 과거에만 머무르며 그리스의 길을 갈 것인가? 혁신하고 변화해서 프랑스·영국·이스라엘의 길을 갈 것인가? 선택의 시간이 다가오고 있다.

문제는 산업이다!

  "미분양의 무덤 평택."

2017년 초 한 언론기사의 제목이다. 평택은 수도권 사람들이 살고 싶은 도시가 아니었다. 거리도 멀고 이미지도 그다지 좋지 않았다.

그러나 최근 평택이 달라졌다. 얼마 전 전국에서 관광버스를 타고 찾아오는 투자자들로 북새통을 이룬다는 소식을 뉴스에서 들었다. 2017년 7월, 삼성전자가 이곳에 세계 최대 반도체 단지를 만든 덕분이다. 단일 반도체 라인으로는 세계에서 가장 큰 삼성반도체 평택공장은 '4세대 64단 V낸드' 제품을 만드는 첨단시설을 갖추었다. 삼성전자는 여기서 멈추지 않고 앞으로 약 37조 원을 투자해 신규라인을 건설할 계획이라고 한다.

삼성반도체가 들어선 평택은 이제 어떻게 바뀔까? 한국은행 자료를 보면, 37조 원을 추가 투자했을 때 생산유발 효과는 163조 원, 직간접 고용유발 효과는 44만 명에 이른다고 한다. 민선 6기 광주시가 목표로 세운 일자리 개수 7만 개와 비교하면 실로 어마어마한 숫자다.

실제로 평택공장 건설 현장에 투입된 근로자는 하루 평균 1만 2,000명 정도였으며 5년 새 인구도 5만 명 이상 늘었다. 현재 20만 명인 인구는 2020년이면 86만 명까지 늘어날 것이라고 한다.

부동산 경기도 호황이다. 삼성전자 임직원을 겨냥한 아파트와 오피스텔 공급이 늘면서 부동산에 돈이 돈다고 한다. 최근 반도체단지 인근 상가 시세는 평택 시내나 인근 신도시의 2배에 달한다. 삼성전자라는 기업 하나로 경기도의 변방 평택이 기회의 땅으로 바뀐 것이다.

경기도 이천시의 움직임도 심상치 않다. 이천은 30년 넘게 「수도권정비계획법」에 발이 묶여 제자리걸음을 했다. 인구도 늘지 않고 일자리도 답보 상태였다. 그런데 2010년 초 SK하이닉스가 M14 공장 증설을 시작하면서 상황이 바뀌었다. 2014년 공사에 착수하면서 고용률이 64~65%대로 치솟았고, 지금까지 4년 연속 경기도 내 고용률 1위를 기록하고 있다.

이천시에 따르면, SK하이닉스 입주에 따른 '직접적' 경제효과가 3,000억 원이라고 한다. 이 외에도 입주사 직원과 가족, 건설 인력 등이 쓰는 소비 추정액이 약 3,000억 원에 이른다며 기업유 치에 따른 낙수효과가 6,000억 원 이상이라고 계산했다.

당연히 도시의 활력도 넘친다. 2017년 7월 기준 이천 내 음식 점 등 소상공인 점포가 2014년 말보다 5,000개 증가하는 등 상권 이 크게 살아났고, 2017년 SK하이닉스가 이천시에 지방세를 약 1,700억 원 내면서 지자체 예산사업에도 큰 힘이 되었다.

기업 하나가 도시 하나를 먹여 살린다는 말이 틀림이 없다. 새 로운 산업이 최소 30년 먹거리를 책임진다는 말도 지나친 얘기 가 아니다.

충청, 변방에서 중심으로!

세계를 다녀보면, 한 나라에 대한 자부심은 경제력에 좌우된다는 것을 느낄 수 있다. 경제적으로 잘사는 나라의 국민을 보면 표정이 다르고, 어디를 가나 받는 대우가 다르다. 국내에서도 마찬가지다. 도시의 경제력이 크면 그만큼 대접을 받는다. 정치적 위상도 높아진다. 광주의 정치적 위상이 날로 떨어지는 것은 경제적 위상과 연관이 깊다고 생각한다.

핵심은 산업 기반이다. 기업이 얼마나 있느냐, 산업클러스터가 있느냐 없느냐에 따라 도시 지위가 달라진다. 충청도의 경우, 기업이 속속 들어서고 경제적 위상이 치솟으면서 정치적 위상도 갈수록 높아지고 있다.

안희정 충남 지사가 차기 대통령 후보로 거론되는 것은 그분의 대중성과 지명도도 있겠지만, 그가 '충남의 맹주'라는 사실도 큰 몫을 한다고 본다. 서울시장, 경기도지사 말고 대권에 거론되는 사람이 그전에 있었던가? 인천시장도 명함을 못 내민 것이 대권이다. 그런데 충청은 그 위상과 더불어 대권주자까지 배출하게 된 것이다.

내가 책임연구원으로 있던 2003년, 삼성 이건희 회장은 충남 아산탕정에 세계 최대 디스플레이 생산단지를 짓기로 결정했다. 삼성 직원들도 깜짝 놀랐다. 잘될까? 반신반의하는 분위기였다. 그러나 10년 뒤 탕정은 전 세계 디스플레이 제품의 20% 이상을 생산하는 산업 메카로 성장했다.

현재 아산탕정밸리의 규모는 수원사업장의 4배에 달한다. 그동안 13조 원을 투자했고, 향후 2개 생산라인을 더 건설해 모두 20조 원을 투자할 계획이다. 직접 고용 인원만 3만 6,000명, 협력사까지 포함하면 5만 6,000개 일자리가 생겼다.

삼성만 충청권에 주목한 것은 아니다. 현대차그룹은 2004년 한보철강을 인수한 뒤 제3고로를 가동할 때까지 10년 동안 10조 원을 충남 당진에 투자했다. LG화학도 2011년 충북 오창에 세계 최대 규모 배터리 공장을 준공해 연간 20만 대 전기차에 배터리를 공급할 생산능력을 갖췄다.

충북 진천군 신척·산수산업단지는 2018년 6월 준공을 앞두고 마무리 공사 중이다. 신척산업단지에는 2017년까지 32개 중소기업이 입주를 확정했다고 한다. 대부분 매출액 100억~300억 원 규모의 기업으로, 그 고용효과만 1,300명에 이른다.

충청이 기업들로부터 각광받은 첫 번째 이유는 수도권 규제였다. 규제를 피하면서도 수도권과 가장 가까운 곳이기 때문이다. 그러나 지금은 세종시, 대전 과학벨트, 충북 오송첨단의료복합단지 등 세 가지 대규모 국책사업이 추진되면서 교통인프라가 확충되고 각종 정부지원이 더해져 기업이 앞다퉈 찾아가는 도시로 바뀌었다.

이런 국책사업에 쏟아 붓는 예산만 세종시 22조 5,000억 원, 오송첨단의료복합단지 4조 6,000억 원, 과학벨트 2조 3,000억 원 등 30조 원에 달한다. '핫바지'라고 놀림을 받던 충청은 그렇게 대한민국 산업의 주인공이자 정치적 메카로 '신분상승'에 성공했다.

4차 산업혁명의 주인공은 '반도체'

 "인류가 미지의 영역으로 진입하고 있다."

2016년 4차 산업혁명을 주제로 스위스에서 열린 다보스포럼에서 마크 베니오프 세일즈포스 CEO가 한 말이다. 4차 산업혁명은 정보통신기술(ICT)과 기존의 산업·기술이 융합해서 생기는 새로운 산업혁명이다. 가능성이 무궁무진하기 때문에 어느 영역에서 얼마만큼 기술과 산업이 변모할지 아무도 모른다. 그래서 미지의 영역이라고 하는 것이다.

4차 산업혁명에는 정말 수많은 첨단기술이 있다. 무인자동차, 인공지능, 로봇, 사물인터넷, 모바일, 3D프린터, 나노 기술, 바이오 기술 등을 응용한 새로운 제품이 인간의 삶을 엄청나게 변화시킬 것이다. 산업, 사회, 정치 시스템은 물론이고 인간의 라이프

미국 라스베이거스에서 열린 2018 국제전자제품박람회(CES)에서

스타일도 혁명적으로 바뀔지 모른다.

2016년 바둑기사 이세돌을 이긴 구글의 알파고가 대표적이다. 인공지능을 가지고 스스로 학습해 인간의 능력을 뛰어넘은 알파고는 사람들에게 재미를 넘어 충격과 공포까지 안겨줬다. 기계가 인간을 대체할 것이라는 두려움이었다.

기계가 인간을 대신할지는 몰라도 4차 산업혁명으로 인간의 직업세계가 크게 바뀔 것은 분명해 보인다. 세계경제포럼 미래고용보고서를 보면, 4차 산업혁명으로 향후 5년간 선진국과 신흥시장을 포함한 15개국에서 일자리 710만 개가 사라질 것이라고 한다. 같은 기간에 새로 생기는 직업은 210만 개니까 앞으로 5년 만에 일자리 500만 개가 없어지는 것이다.

그렇다면 다가올 세상을 어떻게 준비해야 할까? 이 변화의 흐름에 광주는 무엇을 해야 할까? 내가 우선 주목하는 것은 '반도체 산업'이다.

4차 산업혁명의 핵심은 '메모리'다. 인공지능은 어떻게 인간의 두뇌용량을 넘어설까? 바로 메모리다. 무인자동차는 어떻게 운전자 없이 지형지물과 도로사정을 계산해 스스로 운전할 수 있을까? 메모리가 있기 때문이다.

메모리는 곧 반도체다. 4차 산업혁명의 모든 산업과 제품 안에는 반도체가 들어갈 수밖에 없다. 이른바 산업혁명의 주요 기술인 사물인터넷(IoT), 빅데이터(Big Data), 인공지능(AI), 자율주행 등에 반도체는 필수다.

사실 4차 산업혁명을 가능케 하는 것은 천문학적으로 증가하는 데이터의 안정적 처리와 빠른 전송이며, 이는 반도체 기술 발전에 따른 결과물이다. 다시 말하면 미래에는 반도체 수요가 더 많아질 것이라는 얘기다.

2017년 한국반도체산업협회 보고서를 보면, 사물인터넷용 반도체 시장은 2015년 124억 달러에서 2020년에는 1,139억 달러(약 120조 원)로 성장이 예상된다. 자동차용과 AI 반도체 시장 역시 오는 2019년에는 각각 600억 달러, 153억 달러 규모로 커질 것으로 보인다. 전문가들은 연평균 33% 증가세로 반도체 시장이 성장할 것이라고 예상한다. 반도체는 지금도 꿀단지이지만 미래에도 보물단지라는 얘기다.

현재 전 세계 메모리 반도체 시장의 60~70%를 한국이 점유하고 있다. 간단하게 말해, 시장이 2배만 커져도 현재 반도체 생산량이 2배로 늘어나야 한다. 반도체 공장도, 일하는 사람도 지금보다 훨씬 더 많이 필요하다는 의미다.

나는 광주가 반도체 클러스터를 유치해야 한다고 생각한다. 삼성은 반도체·디스플레이 분야에 대규모로 투자해서 기흥-화성-평택-아산을 연결하는 산업 클러스터를 구축했다. 이를 연결하는 산업단지를 만든다면 우리 '광주'가 최적지라고 생각한다. 광주가 반도체 산업을 끌어 앉힐 수만 있다면, 일자리와 소득은 물론이고 도시 위상도 급격히 높아질 것이다. 문화수준과 시민의식이 높은 광주는 평택이나 아산보다 훨씬 수준 높게 미래를 이끌게 될 것이고, 우리 아이들은 대한민국이 가장 부러워하는 도시에서 살게 될 것이다.

스마트 자동차 전장산업에 주목한다

광주시는 현재 '빛그린 산업단지'를 추진 중이다. 친환경 자동차 부품 클러스터 조성사업인데, 약 4,000만 ㎡ (광주 1,800만 ㎡, 함평 2,200만 ㎡) 규모에 사업비만 3,030억 원이다. 이곳에 광산업, 디지털정보가전, 자동차산업, 첨단부품소재 산업 기반 친환경 자동차 완성차 공장, 모듈·소재 기업체를 유치해 미래형 자동차 클러스터를 조성하여 일자리 4만 개를 창출하고 자동차 테마파크 등 문화·서비스를 결합한 자동차서비스 복합단지를 조성함으로써 일자리 3만 개를 만든다는 계획이다.

그러나 아직은 구체적 계획을 찾아볼 수 없다. 나는 이곳에 반도체가 탑재된 자동차 전장(전차장치) 클러스터를 만들어야 한다고 생각한다.

전기차 분야의 선두주자 테슬라 자동차회사 공장에서

"자동차인가, 전자장치인가?"

그동안 자동차는 곧 엔진이었다. 벤츠, BMW, 아우디 등 명차의 조건은 엔진의 우수성이었다. 그러나 미래자동차는 엔진이 아닌 전자장치가 중요하다. 현재 자동차는 부품 중 40%가 전자장치로 구성되어 있다. 오디오, 계기판, 조명장치, 내비게이션 등이 해당된다. 그러나 미래자동차는 차체를 뺀 대부분이 전기장치가 될 것이다. 우선 스마트폰에 있는 기능이 거의 다 탑재된다. 통화, 카메라, 텔레비전, 라디오, 인터넷, 내비게이션 등과 더불어 배터리, 전력관리 시스템 등이 차에 실린다.

현재까지 자동차는 주로 기계공학의 영역이었다. 엔진인 내연

기관, 구동제어, 공조장치 등이 중요했다. 그러나 미래자동차는 전기·전자·컴퓨터·신소재공학의 영역이 된다. 이렇게 되면 자동차는 전자제품인가, 아닌가? 난 전자제품이라고 본다. 얼마 되지 않아 동네 마트에서도 냉장고, 세탁기처럼 차를 살 수 있는 시대가 올 것이다. 아니, 벌써 왔다. 부산의 E마트에서 2017년 12월에 전기차 매장을 만든 것이 상징적 사건이다.

자동차가 전자제품으로 바뀌면서 기존의 자동차회사는 새로운 위기와 기회를 맞고 있다. 전기자동차회사인 테슬라의 경우, 기존의 자동차회사가 몇십 년 만에 이룬 매출과 명성을 불과 몇 년 만에 성취했다. 2008년 첫 전기차 '로드스터'를 만들어 팔기 시작해 2017년에만 약 12만 대를 판매한 테슬라는 자동차회사 GM과 포드를 넘어 세계 6위 기업으로 성장했다. 현재 시가총액이 500억 달러(약 50조 원)에 이른다.

지난 1월, 내가 직접 찾아간 테슬라 공장은 비록 규모는 작지만 엄청난 부가가치를 올리고 있었다. 당시 만난 관계자는 "우리 목표는 세계 1위이며 자동차를 넘어 우주 진출과 같은 인류의 꿈을 파는 것이다"라고 말해 살짝 감동을 받았다. 미래를 개척하는 사람들의 자신감과 도전정신은 언제 봐도 설렌다.

현재 국내기업 삼성, LG, SK 등은 이미 미래자동차 시장에 진출해서 자동차 전장, 즉 자동차 전자부품의 연구와 생산에 박차

2018년 1월 7일 광주과기원(GIST)에서 광미연(광주미래산업전략연구소, 이사장 양향자)이 주최한
'반도체를 기반으로 한 스마트 전장산업과 미래자동차' 토론회

를 가하고 있다. 2015년 전자사업팀을 신설한 삼성전자는 인포테
인먼트(인포메이션+엔터테인먼트)와 자율주행 등의 분야에 주력할
계획이며 LG전자는 전장부품 사업본부를 인천에 설립해서 디스
플레이, 전기배터리 등을 연구하고 있다.

지식정보원 자료를 보면 지난 3년간 성장률을 바탕으로 전망
했을 때 2020년 미래형 자동차의 비중은 전체 자동차의 75%를
차지할 것으로 보았다. 현재 자동차산업은 우리나라 제조업에서
차지하는 비중이 11.6%, 돈으로 따지면 175조 원이다. 일자리도
제조업의 11.4%나 담당한다. 이 중 미래자동차 비중인 75%만 따

져봐도 어마어마한 수준이다. 이제 누가, 어떻게, 어떤 기업을 끌어올 것인가 하는 문제만 남았다.

　나는 앞서 말한 반도체 클러스터를 광주에 유치한다면 스마트 자동차 전장산업과 함께 커다란 시너지를 낼 것이라고 생각한다. 지금은 터만 있는 '빛그린 산단'에 완성차 공장을 비롯해 각종 미래자동차 부품 기업과 R&D 센터를 유치하는 것이다. 그렇게 미래를 준비하는 것이 다음 광주를 이끌 사람의 최우선 사명이라고 생각한다. 아울러 미래자동차 시장을 구축하고 대학과 연계해 연구인력을 양성·제공하는 것도 함께 추진해야 할 과제다.

미국 조지아주에서 배운다

미국 조지아주는 자동차산업으로 유명한 곳이다. 완성차 공장으로는 한국의 기아자동차가 있고(일자리 약 5,000개), 일본의 대표 자동차기업인 혼다가 있으며(2017년 혼다는 조지아 북서부에 있는 생산공장에 1억 달러를 투자해 시설을 대폭 늘린다고 발표했다), 중국계 타이어회사인 '센츄리'의 첫 번째 북미공장도 조지아에 지어진다. 조지아 센츄리 타이어공장에 투자되는 금액만 5억 달러 이상이라고 한다.

한국의 금호타이어도 조지아 메이컨에 타이어를 연간 400만 개 생산하는 공장을 8년 만에 완공했다. 이 밖에 현재 조지아에서는 250개 이상의 자동차 관련 기업과 공장이 운영 중이며 여기에 고용된 인원만 약 2만 명에 달한다.

불가능을 가능하게 하는 존재가 바로 인간 아닐까?

이러한 조지아주의 성취는 주 자체 노력이 큰 역할을 했다. 조지아주는 기업 유치를 올림픽 유치처럼 준비한다고 한다. 올림픽유치위원회처럼 따로 기업유치 전담팀을 만들고 각각의 기업에 맞는 세부전략을 세워 실행한다. 2006년 기아자동차를 유치할 때, 주 정부는 3,570만 달러에 매입한 공장 부지를 단돈 200만 달러만 받고 기아차에 제공했다. 거의 공짜다. 한국이었다면 '기업 특혜'라는 비판을 받았겠지만, 미국에서는 일자리를 창출하기 위해서라면 이 같은 특혜는 당연한 것으로 받아들여진다.

또 조지아주는 기아차에 약 4억 1,000만 달러의 인센티브를 줬다. 고용하는 일자리 한 개당 16만 4,000달러(약 1억 6,000만 원)를 지원해준 것이다. 조지아주는 이것이 손해가 아니라고 봤다. 지역민의 소득이 늘면 지역경제가 활성화되고, 경제가 커지면 세금이 많이 걷혀 손해를 상쇄하고 이익을 낼 수 있기 때문이다. 즉 기아차에 대한 지원을 '투자'로 이해한 것이다.

이렇듯 기업을 유치하려면 기업이 원하는 것을 일정 부분 수용해야 한다. 오란다고 오는 기업은 없다. 내가 기업인 출신이라서 하는 얘기가 아니다. 세상 모든 이치가 그렇지 않은가. 계산기를 두드려보았을 때 손해나는 일은 아무도 하지 않으려 하고, 이익이 더 큰 곳으로 눈길이 가는 것이 상식이기 때문이다.

미국 네바다주의 경우, 2014년 테슬라자동차의 '기가팩토리'라는 공장을 유치하면서 약 5억 달러(5,000억 원)의 세금 혜택을 줬다. 이런 정책은 우리도 배워야 한다. 광주도 시민의 공감이 전제된다면, 사업 마인드를 갖춘 시장이 나서서 '빛그린 산단'에 우량한 기업들이 속속 몰려올 수 있도록 '비즈니스 전략'으로 기업 유치에 임해야 한다.

다른 생각, 다른 선택, 다른 광주

 "다르게 생각하라(Think different)!"

애플의 전 CEO 스티브 잡스는 '다른 생각'으로 애플을 세계적인 회사로 만들고, 아이폰으로 세계인의 마음을 사로잡았다. 삼성의 이건희 회장도 초일류기업으로 도약할 때 "아내와 자식만 빼고 다 바꿔라"라며 대대적 혁신을 강조했다.

기업이든 대학이든 도시든 새롭게 발돋움하고 비약적으로 발전할 때는 '다른 생각'이 필요하다. 무엇보다 리더가 중요하다. 기업의 경우 CEO가 생각을 바꾸면, 임직원의 생각도 금세 바뀐다.

도시도 마찬가지일 것이다. 다르게 생각하고 다르게 접근하는 리더가 있다면 그 도시의 미래는 분명히 달라진다. 도약하는 지자체는 반드시 그것을 가능케 한 '남다른 단체장'이 존재했던 것이 그 방증이다.

지금 광주는 멈춰 있다. 바다를 향해 굽이쳐 흘러가는 강물이 아니라 저수지와 같다. 사람도, 돈도, 일자리도 모두 흐르지 못하고 고여 있다. 광주가 흐르려면, 이제 다른 생각이 필요하다.

현재의 도시 전략은 부실하다. 지금까지 실행한 광주의 전략은 대부분 성공하지 못했다. 그렇다면 이제 누군가 다른 생각으로, 다른 선택을 해야 하지 않을까?

광주가 성장하려면 산업이 중요하고, 기업을 유치하는 게 최우선 목표라면 그것을 할 수 있는 리더를 뽑아야 한다. 지금껏 광주는 예전의 생각과 기준으로 시장을 뽑아왔고, 정당도 그런 사람을 공천했다. 관료·정치인·시민운동가 출신 시장이 전부였다.

광주가 이대로 좋다면 그런 선택도 나쁘지 않다. 그러나 다른 광주를 만들려면 다른 기준으로 리더를 선택해야 한다.

광주는 기회의 땅이다. 대한민국을 바꿔온 자랑스러운 역사가 있다. 목숨 바쳐 이 땅의 민주주의를 지켜냈고, 피와 땀으로 경제 발전을 이끌었다. 변화와 혁신의 맨 앞자리에서 도전하고 싸웠다.

위대한 도시 광주! 내 고향 광주가 새로운 리더와 함께 위대한 도전을 시작하길 진심으로 바란다.

양향자 10문 10답

1 정치에 입문한 지 2년이 되었는데 달라진 점이 있다면?

고민하는 폭이 넓어졌고 만나는 사람들도 달라졌다. 기업에서는 우리 산업과 경제를 선도하는 엔지니어들, 엘리트들과 함께 일했다. 자부심도 있었고 보람도 있었다. 정치에서 만난 사람들도 마찬가지지만 약간 다르다. 기업에서는 수익과 수익을 낼 수 있는 기술과 트렌드를 우선하지만 정치는 사람 자체를 보고 하는 일이기 때문이다.

2 정치가 무엇이라고 생각하고, 정치인으로서 추구하는 스타일은 무엇인가?

정치는 우리 가족과 이웃의 삶에 좋은 변화를 줄 수 있는 일, 그것을 위해 국민을 대신하는 일이라고 생각한다. 매력적이지만 무거운 일이다. 하지만 국민과 함께하는 일이기에 잘할 수 있다면 보람 또한 비할 바 없을 것 같다. 앞으로 더 잘하고 싶은 일이다.

정치인은 국민의 뜻을 대신해 발언할 수 있는 마이크를 가진 사람이라고 생각한다. 따라서 외적으로는 반듯하고 안정감을 주는 사람이고 싶다. 차림새도 항상 반듯하고, 오늘 만나는 사람들에게 믿음을 주고 편안하게 대화할 수 있는 사람이고 싶다. 단정하게 단추를 잠근 흰 셔츠에 재킷과 바지 차림이 기본 복장이다. 회사에 있을 때부터 고정된 스타일인데 여의도로 출근할 때도, 지역에서 시민들을 만날 때도 가장 예의를 갖춘 차림이라고 생각한다.

일로는 '국민을 신념으로 일하는 정치인'이고 싶다. 국민과 당원을 기준으로 판단하고 그것을 신념으로 일하는 사람. 그래서 어려운 일이 있을 때 '아, 양향자라면 우리 이야기를 들어줄 거야'라고 떠올리게 되는 사람. 나의 뿌리인 호남, 그리고 여성을 위해서도 의미 있고 실질적인 도움을 주고 싶다. 불합리하지만 그동안 묵과해왔던 제도들을 바꿔 나가는 일 또한 하고 싶다.

3 문재인 대표의 영입으로 정치에 들어왔는데 어떤 부분에 설득되었나?

문재인 대표를 만나자마자 설득된 것 같다. 문재인 대표의 모습과 분위기가 나에게는 너무 익숙하고 편안하게 다가왔다. 남편이 경남 거제 출신이고 부산에서 성장했는데 그런 배경도 익숙하고 두 사람이 좀 닮았다. 눈이 크고 잘생긴 게 그렇다. 소같이 크고 응시하는 눈이 옛날 돌아가신 우리 아버지와도 비슷하다. 일단은 외모에서 풍기는 분위기가 편안했고 그다음에는 그의 진실함, 간절함에 공감했다. 길게 부탁하거나 자리를 약속하지 않았던 것도 신뢰가 갔다. 어떤 자리를 약속했다면 실망했을지도 모른다. 하지만 아무 조건도 보장도 없이 그저 '함께하자'고 부탁하시니 거절할 수 없었다. 무엇보다 '이런 사람이라면 함께해도 좋겠다'는 확신이 들었다.

4 기술임원으로 최고 자리까지 갔다. 엔지니어, 기술자의 매력은 뭐라고 생각하나?

최고는 아니었다. 사장이 못 되었으니까(웃음). 엔지니어는 정말 매력적인 일이다. 위아래가 따로 없고 노력한 만큼 결과가 나오는 아주 정직하고 평등한 일이다. 고졸 출신 보조원으로 밑바닥부터 회사일을 배우면서 시작했기에 더욱 기술작업의 정직함, 평등함에 매료된 것 같다. 엔지니어들은 정말 일로 자신을 증명한다. 권위도 필요 없고 위계도 없다. 기술은 정직하기 때문에 일하면서 위계에 따라 의전을 갖추는 일도 없다. 그래서 여성에게 매력적인 일인지도 모르겠다.

5 일하는 여성으로 아이를 키우며 가장 힘들었던 때는 언제인가?

가뜩이나 엄마 노릇 못하는데 아이가 아프기라도 하면 그때가 제일 힘들다. 딸 하나 아들 하나인데 아들이 백일에 크게 아팠다. 집에서 백일상을 준비했는데 아기가 아파서 계속 울었다. 약을 먹여도 반응이 없고 계속 업고 달래도 소용없었다. 병원으로 데려갔더니 장이 꼬여 붙어버렸다고 했다. 수술해야 해서 수술동의서에 사인하는데 손이 떨려 적을 수 없었다. 백일밖에 안 된 아기 온몸에 주사바늘이 들어가는데 너무 가슴이 아파서 많이 울었다. 늘 바쁜 엄마 때문에 아기가 아픈 게 아닐까 싶어 죄책감도 들고 걱정되었다. 그래도 회사는 나갔다. 항상 내 편을 들어주던 남편이 그때는 화를 냈다.

6 자녀들은 정치하는 엄마를 어떻게 생각하나?

아이들에게 고맙고 미안하다. 회사에 다닐 때는 일하느라 엄마 노릇을 제대로 못했는데 정치에 들어오니 더 바빠서 미안하다. 딸도 아들도 대학원생인데 엄마 보살핌을 많이 받지 못했는데도 다들 알아서 잘 커줬다. 공부도 즐겁게 하고 여러 가지 경험도 쌓으며 잘 커주어 고맙다. 딸은 엄마처럼 '당당하게 일하는 여성이 되고 싶다'고 한다. 나는 다 좋은데 '나처럼 힘들게는 하지 마라'라고 한다. 둘다 엄마를 응원해주고 자랑스러워해준다. 아들은 내가 정치한다니까 '우리가 더 잘 살아야겠네'라고 했다. 엄마가 하는 일에 도움이 되도록 올바르게 살아야 한다고 생각하는 게 기특하다.

7 정치계에 들어와 가장 적응하기 어려웠던 점은 무엇인가?

정치를 하는 사람들에게 열정페이를 강요하는 문화가 매우 낯설었다. 선거를 치르면 많은 사람이 모여 단기간에 팀을 꾸려 일하는데 대부분 실무자가 보수를 받지 못하면서도 일하는 것을 보고 놀랐다. 긴장도가 매우 높고 혹독한 일인데도 말이다. 미래를 기약하면서 캠프에서는 노력봉사를 하는 셈인데 기업에서 온 나로서는 그런 풍토가 놀라웠다. 사실 정치의 많은 부분이 시민들, 당원들의 봉사로 꾸려지고 있다. 시민들의 자발적 참여 영역과 마땅히 급여를 받아야 하는 일이 구분되었으면 좋겠다.

8 지역에서 정치하는 여성들에게 해주고 싶은 이야기는?

여성은 지역 정치의 기둥이다. 실제로 출마하는 여성들도 늘어나는 추세고 출마하지 않더라도 지역 후보들을 지원하고 교육하는 일에 여성들이 주체적으로 앞장서는 모습을 보며 늘 감탄하고 있다. 그들 중에는 나보다 정치 선배이신 분들도 많아서 내가 오히려 조언을 듣고 힘을 얻을 때도 많다. 한 번의 총선 출마와 한 번의 전당대회 출마 그리고 여성위원장의 경험으로 느낀 것이라면 여성이 '여성'에 갇혀서는 안 된다는 것이다. 여성 30% 보장이 여성정치인, 여성위원장의 과제가 되어서는 안 된다. 성별 어드밴티지가 아니라 실력으로 30%를 뛰어넘어 40%, 50% 이상을 할 수 있어야 한다.

다행히 우리 당 여성 정치인들, 정치 지망생들의 역량은 아주 뛰어나다. 총선 승리와 대선 승리로 자신감도 생겼다. 승리한 경험, 집권당이라는 자신감 덕분에 좋은 인재도 많이 모여들고 있다. 이들에게 여자라고 당연하게 받을 것도 없지만 여자라고 불이익을 받는 일에도 참지 말자고 하고 싶다. 정치를 한다면 여성임을 늘 자각하되 일할 때는 여성이라는 것을 잊고 실력으로 도전해서 승리했으면 좋겠다.

9 총선에서 왜 광주를 선택했는지, 경력으로 볼 때 수도권이 더 유리했을지도 모른다는 말도 많았다

내 사명이라고 믿었기 때문이다. 처음 문재인 대통령(당시에는 당대표)을 만났을 때 호남, 여성 그리고 광주의 일자리 문제 세 가지를 일으키기 위해 내가 필요하다고 말씀하셨다. 호남이 우리 당에 어려웠기 때문에 더더욱 내가 가야 한다고 생각했다. 그럴 명분과 상징성이 나에게 있다면 선택권이 없는 일 아니겠는가. 나를 아끼는 분들은 호남에 간 게 홀대다, 야속하다고도 하셨지만 어려운 일이기에 오히려 우대받는 길이라고 생각했다. 4·13 총선 패배로 배운 점도 많고 좋은 사람도 많이 얻었기 때문에 '그 길이 아니었다면 어땠을까' 하는 가정은 하지 않는다.

10 그렇다면 이제는 왜 광주인가? 광주에 다시 가려는 이유는 무엇인가?

지난 총선에서 우리는 광주, 호남을 거의 잃고 TK를 비롯한 전국에

서 큰 성과를 냈다. 이제 광주와 호남에서 우리 당의 기반을 단단히 하고 문재인 대통령의 대선공약을 뒷받침할 전국 진용을 꾸려야 한다. 특히 광주가 중요하다. 이제 광주는 과거의 광주, 회상하는 광주가 아닌 미래를 보는 광주, 살고 싶은 광주가 되어야 한다. 젊은 친구들이 직장을 잡고 살 수 있는 광주, 일자리와 산업이 있어서 생명력이 있는 광주로 다시 태어나야 한다. 미래 먹거리인 전장산업, 자동차산업 등 가능성도 있다. 그것을 이끌 수 있는 사람이 광주를 맡아야 하는데, 내가 잘 알고 잘할 수 있는 분야라고 생각한다.

또 광주는 물론 전국 광역시에서 여성 시장이 나온 적이 없다. 만약 양향자가 광주시장이 된다면? 광주를 새로운 도시로 만드는 전국 최초 여성 시장이 된다. 정치적 선구자 역할을 한 광주가 지방분권에서도 선도적 역할을 나를 통해 할 수 있다고 믿는다.

감
사
의
글

　성공을 100이라고 본다면 내가 가진 것은 1도 안 된다. 배운 것도 가진 것도 없었던 내가 세계적 글로벌 기업에서 임원이 되고 생애 첫 책을 쓸 수 있는 것도 99라는 다른 사람의 도움이 있었기에 가능했다.

　어린 양향자에게 사람의 향기를 불어 넣어주신 양정순 선생님께 가장 먼저 감사드린다. 선생님은 따뜻한 사랑으로 물질적 부족함을 잊게 해주시고 세상을 바라보는 진실한 눈을 주셨다. 학교 도서실에 동화책을 가득 채우고 매일 독후감 한 편씩을 숙제로 내주신 구금동 교장선생님도 어린 나에게 올바른 가치관의 싹을 심어주신 분이다. 근면하고 리더십이 강한 학생이라고 인정해주신 5, 6학년 때 담임 김영갑 선생님도 잊을 수 없다.

　고등학교 1학년 때 등록금을 빌려주신 황의정 선생님, 내 특성을 잘 파악하고 기술을 다루는 연구원 보조로 보내 반도체 기술인으로서 삶을 시작하게 해주신 이종진 선생님께 감사를 드린다.

회사생활에서 고마운 사람들은 함께했던 내 친구(선배, 동료, 후배)들이다. 가정에서보다 훨씬 많은 시간을 나와 함께 보낸 친구들에게 퇴임 인사도 못한 것이 미안하고 또 미안하다. 임신했을 때 빵 하나라도 더 주려고 했던 구내식당 여사님들과 내 자리를 특별히 더 깨끗하게 정리하려고 애쓰신 친정엄마 같은 환경미화 여사님들께도 깊은 감사를 드린다.

생애 첫 직장상사였던 임형규 부회장님은 '미스 양은 물건이다'라는 말씀으로 고졸 여사원의 자존감을 높여주셨다. 그 당시 하늘같이 높은 자리에 계신 분의 관심과 배려는 누구 앞에서도 당당함으로 맞설 수 있는 내면의 힘을 갖게 해주셨다.

박상식 교수님은 배움의 갈망이 누구보다 강했던 나에게 없는 시간 쪼개가며 이공계 기본과목인 수학을 가르쳐주셨다. 전자공학을 전공하여 반도체 전문가의 길을 가다 세종대학교 수학과 교수로 가신 교수님은 수학을 가르치다 당신의 새로운 길을 찾았다고 오히려 나에게 감사하다고 하신다. 지금도 "양향자 씨의 미래가 궁금하다"며 늘 관심을 가지고 지켜보는 고마운 분이다.

'향국회'를 꾸려 건강한 네트워크를 만들어주신 전동수 사장님은 '고호녀'인 나를 임원으로 발탁하셨다. 신입사원 시절부터 카르마실(반도체설계실)에서 워크시스템을 독점하던 나의 일 욕심을 긍정적으로 봐주셨고, 내가 버티컬 낸드 플래시(Vertical Nand Flash) 기술 방향으로 가도록 길을 열어주셨다. '후배들이 일하기 좋은 회사를 물려주고 떠나는 일'이 목표인 사장님은 천재적 예지력으로 큰 가르침을 주셨다.

SRAM설계팀에 있던 나를 DRAM설계팀으로, 또 새로운 플래시설계팀으로 불러주신 전영현 사장님은 새롭고 중요한 기술을 구현할 팀을 맡을 때마다 나와 함께 혁신하기를 원하셨다. 주저함 없이 믿고 함께한 인연으로 반도체 세계 1위 자리를 굳건히 지킬 수 있었다. 삼성 임원이 된 후 모든 임원에게 분기별로 책을 2~3권씩 보내주시며 인문학 소양이 부족하지 않도록 배려해주신 권오현 회장님께 특별한 감사를 드린다. 보내주신 책을 꼬박꼬박 읽고 짧게나마 감사의 마음을 독후감으로 드렸는데 당연한 일이었음에도 특별하게 평가해주셨다는 말씀을 다른 분들을 통해 들었다. 나는 사장님에게서 "사람은 거짓말을 해도 웨이퍼는 거짓말을 하지 않는다"라는 진리를 배웠다. 일하면서 학업을 병행할 수 있도록 배려해주신 마음도 평생 잊을 수 없다.

학업과 일을 병행할 수 있도록 도와주신 많은 분 중 변현근 전무님, 석사논문을 지도해주신 김창현 부사장님, 성균관대학교 대학원 공배선 교수님, 이칠기 교수님께도 깊이 감사드린다.

선취업, 후진학의 길을 걸으며 중국어를 배울 수 있게 해주신 고려사이버대학교 김정은 교수님께도 감사한 마음을 전한다.

연구원 보조로 입사하여 연구원, 선임연구원, 책임연구원, 수석연구원, 연구임원, 상무 자리에 갈 수 있었던 것은 1988년에 만난 부모님 같은 인연, 일본의 하마다 박사 내외분이 있었기에 가능했다. 30년을 한결같이 자식처럼 돌보시면서 일본의 역사, 문화, 경제, 사회에 대한 가르침을 주셨다. 살면서 다양성을 인정하고 글로벌 마인드를 지니게 된 것은 이분들 덕분이다. S급 특허 발명으로 만난 보스턴의 스티브(Steve)도 글로벌 무대에 대한 거부감과 두려움을 없애준 고마운 분이다. 퇴임 후에도 늘 생각나는 인테그레이션 그룹(Integration Group) 식구들, 늘 감사하고 진심으로 그들의 행복을 빈다.

정치권에 들어와서는 이 길로 이끌어주신 문재인 대통령님께 정치 후배로서 가장 먼저 감사의 마음을 전하고 싶다. "담대하게 갑시다"라는 말씀의 무게만큼 진심으로 정치인 양향자를 성장하게 해주시는 분이다. 우리 국민의 행복을 위해 평생 동지의 길을 나선만큼 대한민국의 자산이 될 것을 다짐해본다.

민주당 영입 과정에서 역사적인 첫 만남을 만화카페에서 한 최재성 전 의원님은 앞으로 문재인 대통령님과 함께 정치적 스승이자 멘토이자 동지로 함께할 분이다. 그리고 더벤(더불어어벤져스) 식구들, 특히 김병관, 유영민, 김정우, 김빈, 김병기, 이수혁, 오기형, 문미옥, 박희승 등 더불어콘서트를 시작으로 정치인생을 함께 걷는 이분들이 있어 정치행로가 외롭지 않다. 담대한 정치의 길을 함께해준 정용상 특보님, 김선 작가님께 정말 감사드린다. 그리고 촌철살인의 카피로 나뿐만 아니라 당원과 국민의 가슴을 '심쿵'하게 했던 정철 카피님께 두고두고 갚아야 할 빚이 있다. 4·13 총선과 8·27 전당대회 때 후원회장을 해 주신 조애옥 선배님, 박석남 회장님께 깊이 감사드린다. 또한 최고위원선거에서 함께 뛰어준 여선웅 구의원, 윤선희 팀장, 사진작가 장예서 등은 이제 한 가족이 되었다.

더불어민주당 지도부로서 가장 많은 가르침을 주시는 추미애 대표님 그리고 우상호, 우원식 원내대표님을 비롯해 당 지도부와 당직자분들께 감사드린다. 양향자 영입을 가장 반겨주신 정세균 의장님과 까마득한 후배에게 조언을 아끼지 않으시는 김원기 의장님, 임채정 의장님께도 깊은 감사를 드린다.

이 책이 완성되기까지 노심초사하신 김현종 대표님을 비롯해 메디치 가족과 책의 완성도를 높여주신 박준희 팀장님 등 이루 헤아릴 수 없는 분들께 머리 숙여 감사드리고 중앙당 여성국 권향엽 국장님을 비롯해 당직자분들과 '광미연' 식구들의 노고에도 감사를 전한다. 삼성의 임원에서 정치의 길로 접어들어 이날까지 그림자처럼 보살펴주시는 임갑수 선배님을 비롯한 화순 이양 선후배님들께 따뜻한 감사를 드린다.

자신의 아내를 국가의 아내로 헌납한 남편, 엄마의 부재에도 너무나 잘 자라준 딸과 아들, 일하는 며느리를 위해 헌신하신 시부모님 그리고 친정엄마…… 사랑하는 가족에게 한없는 미안함과 고마움을 전한다.

꿈 너머 꿈을 향해 날자, 향자

초판 1쇄 | 2018년 1월 31일 발행

지은이 | 양향자

펴낸이 | 김현종
펴낸곳 | (주)메디치미디어
등록일 | 2008년 8월 20일 제300-2008-76호
주소 | 서울시 종로구 사직로 9길 22 2층(필운동 32-1)
전화 | 02-735-3315(편집) 02-735-3308(마케팅)
팩스 | 02-735-3309
전자우편·원고투고 | medici@medicimedia.co.kr
페이스북 | medicimedia   홈페이지 | www.medicimedia.co.kr

출판사업본부장 | 김장환
편집 | 이상희
디자인 | 김지혜
마케팅 | 이지희 김신정
경영지원 | 김소영, 정학순

인쇄 | 천광인쇄

ⓒ 양향자, 2018

ISBN 979-11-5706-112-9 03800